Buscaba la belleza

Novela

Jesús Terrés
Buscaba la belleza

PEFC Certificado

Este libro procede de
bosques gestionados
de forma sostenible

PEFC

PEFC/14-38-00305   www.pefc.es

© Jesús Terrés, 2023
© Editorial Planeta, S. A., 2023
  Ediciones Destino, un sello editorial de Editorial Planeta, S. A.
  Avda. Diagonal, 662-664, 08034 Barcelona (España)
  www.edestino.es
  www.planetadelibros.com
© de la cita de *En el camino*, Jack Kerouac, Editorial Anagrama, 2006
© de la cita de *Watchmen*, Alan Moore, Ediciones Zinco, 1987
© de la cita de *Blade Runner*, Ridley Scott, 1982
© de la cita de *Las campanas no doblan por nadie*, Charles Bukowski,
  Editorial Anagrama, 2019
© de la cita de «Sin esperanza, con convencimiento», Ángel González,
  Jaime Salinas-Editor, 1961
© de la cita de *Call Me by Your Name*, Luca Guadagnino, 2017

Adaptación de la cubierta: Booket / Área Editorial Grupo Planeta
Imagen de la cubierta: © Mayte Alvarado
Primera edición en Colección Booket: noviembre de 2024

Depósito legal: B. 17.848-2024
ISBN: 978-84-233-6617-0
Impresión y encuadernación: Liberdúplex, S. L.
Printed in Spain - Impreso en España

Biografía

Jesús Terrés (Valencia, 1977) escribe habitualmente sobre cosas que amar, viajes y cultura en *Vanity Fair*, *Condé Nast Traveler* y la revista *GQ*. Dio sus primeros pasos en el universo editorial a través de las páginas de *El Mundo* hace ya más de veinte años, pero fue quizá la columna «Nada importa» la que le valió sus lectores más fieles; desde entonces ha combinado el periodismo con la creatividad y la vida con las letras. Cada sábado envía una carta a miles de lectores en todo el mundo. Vive frente al mar. *Nada importa* (2020) fue su primer libro de crónicas y *Buscaba la belleza* (2023) es su primera incursión en la literatura.

 @nadaimporta

Para mamá, que hace alto el cielo
Para Laura

Preguntó suavemente «Por qué has muerto?»
«Por la belleza», dije –
«Y yo – por la Verdad – Ambas son Una – [...]»

EMILY DICKINSON

Las cosas más pequeñas son las más grandes.
En cada instante está el pasado y el futuro, toda
la eternidad.

PEDRO GARCÍA CUARTANGO

Es cierta la belleza aunque lacere,
sobrecoja, remanse y niegue el tiempo.

FERMÍN HERRERO

Todas las imágenes desaparecerán.

ANNIE ERNAUX,
Los años

El dolor, la intimidad y lo aprendido es de verdad. La luz, el miedo y la consciencia —todo eso también es verdad—. Casi todo lo demás es ficción. Nunca he tenido muy claro dónde acaba la literatura y dónde empieza la vida.

Nunca sabremos cómo sería nuestra vida si las cosas no hubiesen sido como son. Es imposible. Cuánto de nosotros se perdió en los caminos que no anduvimos. Ya nunca podré intuir el firmamento del viaje que no fue; nunca sabré cómo hubiese sido vivir sin miedo, sin aquel frío que caló hasta los huesos, huyendo tan solo hacia delante. Hasta que el mundo se vistió de ceniza. Las cosas sucedieron así, no puedo escapar de esta herencia, no volveré a sentir su abrazo. Pero puedo tratar de entender.

Mi padre murió un domingo por la mañana, nada más llegar a casa, infarto de miocardio, volvía de su paseo de cada domingo. Subió los tres pisos, abrió la puerta y se derrumbó. Me desperté por el ruido, yo escuchaba a lo lejos desde ese estadio tan extraño que es la vigilia, no te has despertado del todo y el mundo aparece desdibujado, borroso, ajeno. Eran mi madre y mi hermana como nunca las había escuchado, quizá es que cuando la vida se para lo sabes. Sencillamente lo sabes. Llamaban por teléfono, mi hermana tratando de reanimarlo, la ambulancia tardó tres vidas (cómo cambia la textura del tiempo, cómo se estira y se contrae cuando te asomas al precipicio) en llegar, allí mismo nos dijeron que no con la cabeza. No. Recuerdo que se había hecho una pequeña herida en la frente, un pequeño rastro de sangre roja; recuerdo la silla en la que me senté pero no cómo iba vestido mi padre; recuerdo el espejo de la entrada, el reloj sobre el aparador, el sabor amargo de mi saliva; y también la cerámica del suelo, la culpa asomando su sombra finísima sobre mi vida. Yo tenía dieciocho años. Jamás me ha abandonado.

Es verdad lo que escribió Joan Didion en las primeras líneas de *El año del pensamiento mágico*: «La vida cambia deprisa. La vida cambia en un instante. Te sientas a cenar y la vida que conocías se acaba». Mi vida cambió para siempre y yo estaba sentado (paralizado) sin entender, cómo iba a entender nada, que ya nunca nada podría volver a ser como era. Que la persona que yo fui ya no sería nunca más. Que hay viajes que no eliges pero un día, sin más, estás saliendo de la Comarca hacia vete tú a saber dónde para volver quién sabe cuándo; yo no supe que aquel día, y sentado en aquella silla, había empezado el mío. Estas páginas son también (supongo) un mapa de vuelta a casa.

Fue un 12 de noviembre de 1995 y aprendí mucho después que tan solo un día más tarde se celebraba su santo, patrón de los solitarios, resulta que los solitarios tenemos un patrón. Mi padre se llamaba Diego y en algún momento de nuestros últimos años juntos yo dejé de acompañarle en aquellos paseos. Es verdad lo que dicen: hay una última vez para todo pero casi nunca lo sabemos. Duele mucho pensarlo, hubo una última conversación con mi padre como habrá un último viaje. ¿Cuál sería la última película que vi con él? Alguna será la última comida, alguno será el último beso con esa persona que hoy lo es todo para ti, pero no lo sabes. Nunca lo sabes. Sí recuerdo exactamente la noche de antes: recuerdo estar sentado en una discoteca al lado de una chica que me gustaba. Tenía el pelo corto, se llamaba Ana. Me acosté, no muy tarde, entre la tristeza y la alegría. Llevaba un tiempo *bajito* (es una expresión de mi amigo Martín que me gusta mucho y que viene a traducirse como melancólico, triste, taciturno), justo acababa de empezar la universidad en un centro privado; yo venía del barrio y supongo que era imposible no sentirme un extraño allí, como un pájaro en un desfile, pero ese rato con aquella chica hablando de nada mientras el resto del mundo bailaba arrojó un poquito de luz sobre la tristeza. Nunca les conté esto a mi madre ni a mi hermana. Nunca volví a verla.

El entierro fue un par de días después. Hubo un velatorio en casa, elegí junto a mi hermana el féretro, la lápida, el mármol. Dicen los enfermos terminales que enfocarte en esos detalles es la única forma de no perder la cordura. Granito, grabado, tipografía, una foto de papá, elegimos juntos la fotografía que presidiría su lápida. Nos enseñaron un catálogo feísimo, creo que elegimos una tipografía inglesa. Flores, texturas, talla de la piedra. El cuerpo de mi padre estuvo en el salón todo ese tiempo, estaba frío, tan solo lo toqué una vez. No recuerdo nada (o sea, nada) de la ceremonia en la iglesia, no recuerdo las caras, ni qué sentía, ni qué me puse, ni qué dije, ni qué pensaba. Con algunos golpes pasa lo mismo, que en el momento no duelen. Es después. Tras la ceremonia, el paseo hasta el cementerio. Sí que recuerdo caminar bajo un sol abrasador, las paredes llenas de mármol, las fotografías en blanco y negro, las frases que ya nunca leerán los destinatarios. «Qué lugar tan árido —pensé—. Solo hay flores muertas.»

Y llegó el momento del féretro tras el cemento, el ataúd ya varado en su nicho. Me dijeron muchos años después que entonces se produjo un instante bellísimo —fue el momento exacto tras tapiar (lo hicieron tres hombres, vestían un mono azul marino, tenían las botas sucias) con cemento el nicho con mi padre dentro—. Es lo que pasa tantas veces con la belleza, que existe completamente al margen de la muerte, de la tristeza o el dolor —por eso es verdad—. La lápida todavía no estaba grabada, así que me pidieron (yo tenía dieciocho años) que caligrafiara su nombre sobre el cemento todavía fresco, recuerdo estar de rodillas frente al océano gris (una lápida es como un océano, detrás solo hay abismo) intentando dibujar su nombre con mi dedo índice. Recuerdo también el miedo a tardar mucho en hacerlo, ¿y si se secaba? La tumba de mi papá sin nombre por mi culpa. Ahí sí me derrumbé. Escribí su nombre y su apellido, cada gesto era una herida, cada asta de cada letra era un camino sin retorno, un túnel del que ya no saldría. Yo no lo sabía pero en cada palabra yo también me moría un poco. No recuerdo más de aquel día, ni de aquella semana. Quizá sí hubo belleza.

Entonces

I

Aquellas horas y aquellos días se quedaron para siempre fijados en mi memoria como el cemento del nicho que cobijaba a mi padre en el cementerio áspero, rodeado de lápidas cubiertas con mármol negro y lugares comunes. ¿Por qué los nichos se llaman así y no «colmena» o «descanso»? ¿Por qué estos espacios en los cementerios tienen cinco alturas y no seis o cuatro? Esos días también aprendí que los nichos en piedra tenían fecha de caducidad, como las flores frescas o el papel de los libros. Lo aprendido se vistió de certeza diez años después por culpa de una carta del Ayuntamiento que llegó a casa de María, mi madre. Yo sentía que todavía aquella casa era mi casa porque mi habitación estaba intacta, todavía los apuntes de la universidad, en la estantería de siempre los libros que no había leído y los que sí, el pequeño sillón color crema donde siempre dejaba mi ropa. Recogí yo mismo la carta del buzón (remitente: Servicio de Cementerios y Servicios Funerarios, era un sobre americano con ventanilla, en tipografía Courier). Era un miércoles por la mañana y ella estaba en la cocina, moliendo el grano: «Mamá, ¿tú sabes algo del cementerio?». Antes de abrirla terminó de preparar el café para los dos en la moka.

La abrimos juntos en el salón, en la mesa que nunca usábamos (la de invitados) bajo un lienzo de caza, un lienzo no tan diferente del de tantas familias de aquel barrio de las afueras, no tan diferentes a la nuestra. Era una reproducción de una obra del estilo de *Partida de caza* de Goya. La carta. Parecía ser que la concesión de aquel espacio del cementerio donde estaba enterrado papá llegaba a su fin y había que tomar decisiones. Mi madre decidió (¿qué más podía hacer?) renovar esa concesión por diez años más: mi padre seguiría diez años más en aquel apartamento de 0,80 metros de anchura, 0,65 metros de altura y 2,50 metros de longitud. Dentro, un féretro de madera caoba. No recuerdo dolor ni pena ni temperatura. Estábamos ya muertos, los dos. Mi padre y yo.

Entonces no pregunté cuál era la alternativa (¿se lo preguntaría mi madre?), ni siquiera pensé en ello, porque intuyo que yo ya andaba recorriendo los primeros pasos del camino que años después me llevaría a la oscuridad de una vida sin ventanas, persianas bajadas, al pantano de la tristeza, como aquel pantano ocre de *La historia interminable* donde muere Ártax, el caballo de Atreyu. Hay que luchar contra la tristeza para que no te arrastre. Aquella película la vi con mi padre siendo yo un niño, solos los dos en una sala inmensa de un cine que ya no existe; fue un día feliz y todavía hoy me pongo aquella canción («*Turn around / Look at what you see*») cuando el entusiasmo llena de luz los días raros.

No pregunté cuál era la alternativa a la renovación de la concesión del nicho, ni cómo estaba mi madre ni volví más que una o dos veces a aquel cementerio donde siempre quemaba el sol. Cuando se cuela en mis sueños el entierro siempre aparece un alacrán sobre la arena tostada de aquellas calles cubiertas de tumbas y flores, el alacrán camina lento bajo la sombra. Tampoco volví los días de Todos los Santos, cuando las familias (también la mía) rinden tributo a sus muertos llenando de flores sus lápidas. Es un ritual que poco tiene que ver con la religión y sí muchísimo con la liturgia de expresar un amor que cruza la piedra, el tiempo y el mármol. Porque recordar es querer.

—¿No vienes? —me preguntó Sara (mi hermana) el tercer año, el segundo sí que había ido.

—No, no me hace falta.

—Es una falta de respeto. Vamos porque es una manera de expresar que nos acordamos de él; ahora aquella es su casa y tenemos que cuidarla, ponerle flores bonitas, limpiar su retrato. Vente, anda.

—No, no necesito comprar un ramo de flores para los muertos para acordarme de papá.

Le mentí, le mentí desde lo más hondo sin ni siquiera intuir (esto es lo peor) que estaba mintiendo: yo también había enterrado a papá en algún rincón de mi memoria. Ya casi no pensaba en él: había elegido no mirar. Olvidé nuestros últimos años juntos del mismo modo en que otros olvidan un atardecer o una herida. Cuando murió papá entendí que no mirar atrás era la única manera de avanzar; en algún momento elegí no mirar dentro porque dolía demasiado mirar aquella vergüenza, aquella culpa ancha y torpe; perdí la brújula y perdí los mapas, tomé entonces la peor decisión que se puede tomar —no mirar atrás. No querer mirar.

Parece una cosa lógica: si no miras no existe. Si no miras no duele, no hay cicatriz porque no hay herida, quizá hasta lo olvides para siempre y lo borres de la memoria, como los peces y los ordenadores. Resetear el disco duro. No pude hacer lo mismo con un puñado de imágenes, engarzadas como diamantes, clavos sobre el ataúd de mi culpa: el cemento del nicho, su piel fría en el velatorio, la camilla del hospital cuando (un año antes de aquel domingo por la mañana fatal) lo habían ingresado unos días por culpa de un amago de infarto, sus lágrimas de aquel día (creo que nunca lo había visto llorar: nunca había visto llorar a mi papá), su mano sobre nuestro perro, el cajón del armario con sus cosas, su cartera de piel. Esas imágenes son una condena pero también un espejo, porque yo estoy en ellas. Desde entonces tengo la certeza de que solo existen dos tipos de personas: las que recuerdan tan solo imágenes y sensaciones y las que recuerdan conversaciones, hechos, cosas que pasaron (importantes o no), nombres y fechas. A los primeros nos define una patología que llaman sinestesia (una alteración o una bendición, depende de cómo lo quieras interpretar) y estoy convencido de que esa manera de mirar —los sentidos avasallados, encapsulados en fotogramas de instantes— se fijó definitivamente aquellos días y me convertí ya para siempre en un cazador de belleza y entusiasmos; un explorador de incandescencias, de momentos, de imágenes tan frágiles como aquel cemento blando tras el que había dejado a mi padre.

Finalmente mi madre alargó la vida (qué paradoja) de aquel nicho diez años más, no sabría decir si aquella década pasó como una eternidad o un tajo —como las velas que se consumen demasiado pronto—. En la apnea pasa lo mismo: cada minuto es un infinito, la eternidad suspendida en el tiempo como el oxígeno que cobijas bajo el mar en los pulmones y en la sangre. Nunca volví a aquel cementerio. No: sí que volví. Volví muchos años después, volví cuando ya no quedaban lugares donde esconderme.

2

Yo ya había terminado la universidad y vivía entre dos lugares: la habitación que seguía intacta en casa de mi madre (siempre con la cama hecha, siempre limpia, imagino a María abriendo las ventanas cada día) y un piso de estudiantes donde siempre me hacían hueco. Fue un irme de casa atropellado, ni fuera ni dentro, por eso aquel *salir del nido* también se tradujo en un sentir que se hizo ancho aquí dentro: frialdad y vergüenza.

En la memoria, a veces, un color me lleva a una imagen y persigue a un recuerdo como un gato a una mosca. Un viaje en el tiempo a través de los sentidos, las fechas pueden bailar pero de repente estoy en algún momento del pasado —plop—, y allí sé pocas cosas, pero sí percibo exactamente qué sentía en aquel preciso instante: la textura del suelo que pisaba, el olor del armario abierto en la cocina, el tacto de la cafetera de mamá; óxido, metal y ternura. A veces, por culpa de esos viajes a través del tiempo mecido por la sinestesia, se cuela la alegría en cualquier día gris, y a veces me pasa exactamente lo contrario, que un día feliz se cubre de sombra y tristeza. Esos días, el dolor trepa como una planta, zarcillos y astillas sobre todo lo que siento. Es que no se puede escapar de la memoria, por eso para sanar una herida hay que mostrarla, porque las heridas sanan con la sal del mar, la ternura del ahora y el roce del viento, nunca en una habitación con las persianas bajadas.

Una de esas imágenes tiene que ver con la vergüenza y vuelvo a ella por culpa de una serie de televisión. Hay un momento en *L'amica geniale*, basada en las novelas de Elena Ferrante, en la que a Lenù, una de las dos protagonistas, la acompaña su madre el primer día de clase en la secundaria en Nápoles, su primera vez fuera del barrio. Lenù es la única que logra salir del suburbio en el que crece. Ya en el mundo *civilizado*, Lenù no puede evitar sentir vergüenza de su madre y nosotros (el espectador) no podemos sino sentir una inmensa tristeza por esa madre que da todo lo que tiene (también el rencor y la desolación) pero nunca va a ser suficiente, cómo va a serlo. Me recordó a la historia de una tradición bonita en tantos pueblos de esparto pegados aún a los ritmos del terruño, pueblos sin andenes donde la cal todavía es blanca, donde todavía buscan la sombra pa ser refugio. Donde todavía, cuando nace un niño, los padres plantan un chopo como ofrenda para el día de su boda, un regalo cuyo fruto recogerán quizá dentro de treinta, cuarenta años. Ese árbol es su amor habitando la tierra. Como Lenù, sentí mucha vergüenza cuando mi padre me acompañó por primera y única vez a la que sería mi universidad, tan solo unos meses antes de morir; una universidad privada que no podían pagar, pero allí me llevaron.

Sentí una vergüenza calma, cabecita baja, mis ganas de nada, mi tristeza sin nombre. Recuerdo avanzar con él por los pasillos, recuerdo el entusiasmo en su mirada, qué feliz debió de ser aquel día. Cuántas cuentas pendientes, cuántos conflictos no resueltos debieron de brillar aquella mañana en su mundo enmarañado, qué feliz debió de ser y cómo siento el peso de una culpa que no periclita (la mía) por lo imbécil que fui aquella mañana, aquellos días, aquellos meses, aquellos años. Miles de pequeños alfileres en el estómago que llegan hasta aquí, hasta esta sombra bajo la que escribo.

Pero antes de aquella vergüenza hubo calor, complicidades, un mundo nuestro: yo tendría ocho años y cada domingo era un santuario, un Macondo pequeñito y luminoso. Paseábamos juntos desde bien entrada la mañana, aparcaba siempre su coche blanco de segunda mano en el jardín botánico y recorríamos una a una las librerías de la avenida Fernando el Católico, un paseo larguísimo, pausado, parando sin prisa en cada librería y volviendo siempre a las mismas estanterías, los dedos sobre los lomos, la curiosidad saciada ante aquellos bosques frondosos, inagotables, enjambres de palabras, cobijo de endecasílabos. Aquel año publicaron en España la novela gráfica *Batman: El regreso del Señor de la Noche* de Frank Miller, la edición de Zinco. Me prometió comprármelo a final de curso. Lo hizo. Luego pasábamos por la Plaza Redonda, sacramento de culturas: era como nuestro Mercat de Sant Antoni. Allí comprábamos cromos, revistas antiguas, primeras ediciones, libros raros. La mayoría de las veces solo era estar. Tiempo compartido. Aquellos domingos volvíamos a casa a la hora de comer, siempre con algún cómic entre las manos.

Yo me encerraba en mi habitación, con mis tesoros, en mi mundo chico, allí estaba a salvo.

Entre semana él siempre paseaba con nuestro perro, Rocky, cada tarde una hora a través de los campos, llegando casi hasta Moncada. A veces los acompañaba. Nos sentábamos en alguna fuente. ¿De qué hablaríamos? Cuando volvíamos, a veces, él discutía con mi madre, ella siempre dejaba caer algún reproche en torno a su falta de ambición, «¿Por qué no trabajas más en vez de dar tanto paseo?, ¿pero no ves lo justos que vamos?, ¿qué hacemos todavía en esta casa?».

Mi madre quería trabajar, conquistar, construir, comprar una casa, hacer altos los techos de su infancia.

¿Qué quería él?

3

Conocí a Manu en los años de universidad, en la Facultad de Periodismo. Ferran estaba estudiando Comunicación Audiovisual en un edificio cercano del mismo campus y enseguida hicimos un grupo cortito al que a veces se unían compañeros, pero la base siempre era la misma: nosotros tres.

¿Por qué nos hacemos amigos de unas personas y no de otras? ¿Qué extraño mecanismo hace que dos miradas conecten y ya, sin más, los sientas cercanos? Hay amistades que lo son porque te hacen sentir en casa, son como una manta calentita, y amistades que no son refugio sino ideal. Esos son los amigos a los que quieres parecerte y el anhelo que te une a ellos es la admiración. A Ferran quería parecerme, envidiaba su ímpetu, su forma de ver la vida como una galerna, como un billete de ida hacia quién sabe dónde. Con Manu era diferente, con Manu sencillamente me sentía en casa. Los pasillos de la facultad fueron nuestra patria.

Las imágenes y los recuerdos, cobijados en algún lugar muy profundo de mi memoria, a veces son extraordinariamente nítidos, con los colores saturadísimos, y cada elemento de esa escena aparece perfectamente enfocado, como cada detalle en una fotografía de Alfred Stieglitz. Sin embargo a veces esas imágenes aparecen borrosas y son tan solo un bosquejo de un momento que fue pero que se diluye como un puñado de sal en el mar, un millón de pequeñas partículas siendo ya nada, que se diluye como se diluyen las cosas que no importan. Pero sí importan. Los meses y los años posteriores se han desdibujado en la memoria pero sí recuerdo momentos exactos: muy poco de mi primer trabajo (no me interesaba nada, era becario en un periódico local), pero puedo dibujar con detalle la mesa con el ordenador, la calle (había naranjos) donde aparcaba, la cafetería de enfrente, donde siempre desayunaba un café horrible y donde venían a verme Ferran y Manu: yo los envidiaba porque ambos tenían clarísimo qué hacer con sus vidas, mucho más Ferran: siempre tenía una empresa en mente. Yo qué sé, una productora de cine de películas rodadas siguiendo los preceptos de Dogma. Otro día vino con la idea de un videoclub que también fuera una cafetería de especialidad con revistas europeas (en esto se adelantó), otro con una agencia de viajes que te trasladaría a lugares remotos donde vivirías con residentes locales. Esto también lo anticipó. A Ferran siempre le rondaba algo en el coco. A mí no.

—¿Por qué no te vas un año fuera? —me preguntó un día, él venía de pasar unos meses en Ámsterdam—. Seguro que vuelves ya sabiendo qué quieres hacer, el mundo está a nuestros pies: solo tenemos que cogerlo.

—No tengo dinero, Ferran. Y no pienso pedírselo a mi madre.

Cuando no sabes qué hacer ni tienes ganas de pensarlo tu vida se convierte en un *pinball*, sencillamente vas chocando con las cosas. A veces se encienden las luces y a veces caes en el hueco metálico que dice «Inserte otra moneda», pero en ningún caso tienes la sensación de estar jugando tú la partida: tan solo eres la bolita.

Y así fui viviendo. El entusiasmo de la piel, la calidez de los cuerpos, la vida desbocada, noches de las que me arrepiento mucho donde perdí el control más de la cuenta (un poco por culpa de Manu pero también yo estaba allí: dejarte arrastrar no te exime de culpa) y noches amaneciendo frente al mar con alguna chica, tumbados bajo un firmamento bellísimo donde señalábamos constelaciones: Casiopea, Orión, Perseo, la Osa Mayor. Trazos imaginarios, hipótesis, esferas celestes, galaxias que nacen y planetas que se mueren a años luz de aquí y sencillamente desaparecen en el manto azabache del firmamento, un punto brillante que ya no es. Y a lo mejor lo que vemos pasó en realidad hace miles de años pero tú lo ves y lo sientes en este aquí y este ahora. Esa asincronía es culpa del tiempo y el espacio, la estrella más brillante de las que podemos observar cualquier noche clara es Sirio, que orbita a unos nueve años luz de aquí. Si hoy se apagase su brillo nadie notaría su ausencia. Hasta que dentro de casi una década alguien mirase sorprendido el cielo: «¿Dónde está Sirio?».

No sabía a qué dedicarme y corregir artículos de

otros me importaba una mierda, pero leía, leía siempre, leía todos los días en torno a vidas que no eran la mía porque la mía era una vía muerta; me flipaba la astrología, recortaba piezas de revistas especializadas, entrevistas con astrofísicos, veía documentales de Carl Sagan; allí descubrí que cada vez que una estrella se expande y muere arrasa con los planetas que orbitan alrededor de ella: ¿pasará lo mismo con las personas que amamos?, ¿a quién apagó la muerte de mi padre? Cuando una estrella se muere atrae a los planetas que orbitan a su alrededor, les irradia un calor que aniquila todo en su superficie —en la Tierra, se evaporarían los océanos— y luego, ya yerma, deja de emitir la suficiente luz para permitir la vida. ¿Seguirá girando la Tierra ya muerta cuando eso pase? Terminé la universidad; meses, lugares, personas y estaciones se sucedieron tan rápido que todavía me aterra la velocidad de la vida cuando sencillamente dejas pasar los días y duermes sin sueño y la desgana trepa por cada júbilo. A lo mejor por eso llega hasta aquí el miedo a vivir sin mirar. Pero cómo iba a mirar.

Fueron años en los cuales se mezclaban la ilusión de días luminosos con días, noches y semanas en las que la oscuridad tomaba la custodia de mis ganas. Días con besos, experiencias y canciones pero también tristeza, melancolía desdibujada, no querer saber nada de nadie. Manu andaba autodestruyéndose, dirigiéndose como un kamikaze a lo más turbio de la noche, pero nunca lo hablamos. Era nuestro pacto secreto. Además, que si yo no veía lo mío cómo iba a ver lo suyo. Me aferré a su escapada hacia ninguna parte como un gato se cobija bajo un coche cuando llueve. Nunca supe qué demonios latía bajo su pesar. A veces yo pasaba el fin de semana con su familia, en una bonita casa de dos plantas en la urbanización de Santa Bárbara en Rocafort, a las afueras de València. Un universo paralelo con colegios británicos, calles limpias y miradas desde la condescendencia. Comíamos siempre en el jardín, en torno a una mesa de forja y mármol *calacatta*, una piedra blanquísima con vetas muy finas de color gris procedente de las canteras de las montañas de Carrara. Su padre no hablaba, sentenciaba. Un dictador emocional ante el que no había derecho a réplica, una de esas personas que entiende el mundo como un cuartel. Era directivo de banca privada, fondos de inversiones, mierdas financieras. En su presencia Manu desaparecía por completo, se hacía minúsculo, un insecto desdibujado, un reyezuelo asustado con pegamento en las alas. Los reyezuelos son las aves más pequeñas que habitan los bosques. A Manu le gustaba dibujar tórtolas o zorzales en los apuntes de clase, sobre los pupitres, en las servilletas de los bares. Los pájaros tienen algo que atrae a aquellas personas que han sido heridas por el mundo. Un día le enseñé unas de aquellas ilustraciones a su padre.

—¿Para eso te pago la universidad, para que hagas dibujitos? —lo dijo riéndose, mirando a su hijo.

—Son bonitos... —le contesté sin mucho brío.

—Donde están más bonitos es en la cazuela. Dejad de decir tonterías y haced algo, id a por pan y hielos a la gasolinera.

No lo hablamos de camino a la gasolinera, ¿qué

había que hablar? No teníamos certezas, tan solo rabia contenida y piedras en los bolsillos. Nuestros padres nos influyen mucho más allá de lo evidente, vehiculan nuestros anhelos, son cadenas de un velero que intenta zarpar hacia quién sabe dónde. Ese vínculo va mucho más allá de esa ligerísima capa superficial que habita en tantas conversaciones de bar y reuniones familiares frente al televisor siempre encendido, «Tiene los ojos de su madre». A veces los hijos no son más que el espejo deformado de los conflictos de sus padres, por eso pasarán sus vidas tratando de imitarlos; esos hijos jamás podrán *ser* libremente. Y a veces, como en el caso de Manu, sucede exactamente lo contrario, es cuando el hijo niega al padre. El hijo cree entonces que actúa en libertad pero qué va, la cadena —el vínculo— es tanto o más poderosa, porque huyendo de su sombra en realidad estás montando tu vida en torno a él. No podemos escapar. La relación de Manu con el suyo lo estaba carcomiendo lentamente, él era como un animal salvaje enjaulado, creo que nunca le pregunté de corazón: «¿Qué te pasa?». Lo quería muchísimo. Éramos dos loquitos na más, dos tarados en un barco a la deriva que nunca supimos gobernar. Con él empecé a usar la expresión «huir hacia delante» porque ese era su superpoder, avasallar con todo. No dejar prisioneros. Todas las luces pero también la oscuridad, todas las perversiones, todos los vicios. Como aquello que escribió Kerouac de Lucille en *En el camino*: «Nunca me comprendía porque me gustan demasiadas cosas y me confundo y desconcierto corriendo detrás de una estrella fugaz tras otra hasta que me hundo.

Así es la noche y eso produce. No puedo ofrecer más que mi propia confusión».

Él se dirigía a un abismo y yo le acompañé sin juicio ni freno; al menos allí, con él y cobijados los dos bajo aquellas sombras, yo podía sentir cosas. Es la razón por la que nos dejamos arrastrar cuando nos dejamos arrastrar: para sentir cosas. Seguía editando temas en mi mesa de aquella redacción local, corrigiendo palabras de otros, dando contexto a una actualidad que me daba exactamente igual: no imagino un peor cronista. No escribía porque escribir es desnudarse, admitir la posibilidad de que algo suceda. Intuyo que aquellos meses y años fueron un minucioso trabajo de demolición de lo que yo era, del camino que podría haber sido: en ese otro camino nunca andado yo no negaba la muerte de mi padre, en esa otra vida que nunca pudo ser yo entendía que una parte mía había muerto con él, sufría infinitamente por su pérdida y continuaba con mi vida ya sin él, con todo aquel dolor siendo arcilla de una etapa nueva. Pero qué va. Intuyo también que la única manera de gestionar tanto dolor fue negarlo, ser yo también un cuerpo sin dolor, carne sin sangre: pero negándolo a él también lo estaba haciendo conmigo. Cuando murió Leonor, la madre de Borges, el porteño escribió el poema «El remordimiento»:

> He cometido el peor de los pecados
> que un hombre puede cometer. No he sido
> feliz. Que los glaciares del olvido
> me arrastren y me pierdan, despiadados.

Mis padres me engendraron para el juego
arriesgado y hermoso de la vida,
para la tierra, el agua, el aire, el fuego.
Los defraudé. No fui feliz. Cumplida

no fue su joven voluntad. Mi mente
se aplicó a las simétricas porfías
del arte, que entreteje naderías.

Me legaron valor. No fui valiente.
No me abandona. Siempre está a mi lado
la sombra de haber sido un desdichado.

Yo también cometí el peor de los errores: no ser feliz. No, bastante peor que el de Borges: negarme a poder sentir nada, ni por su muerte, ni por mi vida. Pasar de puntillas, escuchar bajito el canto de la tierra, no mirar ya más el firmamento en busca de una constelación sobre ese océano infinito y bellísimo, un cielo vacío de afectos. Dejar que el silencio entrase en cada rincón de mi vida.

La única manera de sentir algo era prenderse. Lo habitual, un jueves cualquiera, era que Manu se presentase en casa con un par de pizzas, ganas de mambo y todo el tiempo del mundo. Escuchábamos música, sonaba *Mezzanine* de Massive Attack, yo abría un par de botellas de vino, reíamos muchísimo y en algún momento la noche tomaba el mando de la travesía. Dos coches hasta una discoteca en el barrio de El Carmen en Ciutat Vella, patear las calles estrechas entre las Torres de Serranos y las Torres de Quart, desde la calle Santa Teresa hasta la plaza del Negrito y vuelta por la calle Linterna hasta Tossal. Nuestro abrigo eran la noche y los portales, gin-tonics en la barra de aquel local largo y estrecho; a lo mejor allí se presentaba Ferran con su grupo de amigos. El suyo era el típico grupo que se movía en manada, todos juntos en corrillo de acá para allá en busca de planes, chicas, fiestas. Nosotros éramos más bien gatos esquivos, a lo mejor nos veíamos tres veces en una noche, nos juntábamos y separábamos sin ningún orden ni plan. «¿Qué hacéis?», nos preguntaban siempre. «Dar vueltas, ¿no lo ves?» Ellos no entendían nada y pensaban que había un plan oculto en nuestra noche pero qué va. No había más plan que el incendio. Ver el mundo arder, como el Joker. Aquel jueves anduvimos muchísimo, hacía frío pero daba igual, todo daba igual. En la discoteca ningún plan más que ir y volver a los baños, una y otra vez, dar vueltas, perder el hilo de la noche pero y qué, más gin-tonics, una chica con el pelo castaño, Ferran me deja las llaves de su coche («¿dónde estará el mío?») y un preservativo, vuelvo con la chica del pelo castaño a la discoteca un rato después tras compartir nuestro sudor en la noche fría, llamo a Manu, ya no está dentro, lo busco, ya no la vuelvo a ver. Vamos en su coche hasta una casa en un barrio de nadie a las afueras, él sube unos minutos y yo me quedo en el coche, la noche se enfila hacia su final (pero todavía falta mucho para eso), vamos hasta otra discoteca en una zona que no conozco, tras un pabellón de baloncesto, recuerdo una calle con palmeras, dentro no hay casi ya grupos ni conversaciones ni futuro ni pasado: son todo gatos, felinos, velas quemándose por los dos cabos. Manu vomitando: «Me vuelvo a casa», me dice, y yo me subo a un coche de una pareja que me lleva hasta otro local frente al mar («¿por qué me llevan?», no sentía miedo pero sí me lo pregunté). Entro al *after*, salgo pronto, amanece, voy andando hasta una parada de taxis, el taxista me lleva hasta mi coche («¿dónde estaba mi coche?»), llego hasta mi cama, dejo la ropa en el suelo, no tengo fuerzas para ducharme, yo solo quería sentir pero no siento nada. A lo mejor asco y vergüenza, nada más. El viernes no me presento en la redacción («¿Os importa si trabajo desde casa? Me duele muchísimo el estómago») y paso dos, tres días encerrado en mi habitación. Anestesiado. Algunas mañanas pensaba en mi madre, ¿qué culpa tenía ella de todo aquello?

4

María vive pegada a la alegría y mira siempre las cosas como quien mira algo nuevo, como si el mundo fuese un bosquecillo y el camino una aventura; es más bien bajita y, al menos desde que yo recuerdo, tiene el pelo corto (como mucho sobre los hombros, como Monica Vitti, pero casi siempre dejando el cuello libre) y los ojos vivísimos, cubiertos de arrugas porque mi madre necesita poco para sonreír. Pienso en ella y la pienso riéndose, creo que es feliz. Cada vez la veo más frágil, más cansada: hojas trémulas de ocaso, leña de castaño y un caminar lento que esconde precisamente lo contrario —no le tiene miedo a la vida—. Vive de frente, vive al natural. Siempre pensó que era menos que los demás, quizá porque no pudo estudiar, pero nadie es menos que nadie. Ahora hablamos más, pero no siempre fue así.

La convivencia con ella los días que yo pasaba por casa era fácil, un mar en calma, un faro tenue en una isla sin tempestades; el mantel de ganchillo sobre la mesa de centro, pescado fresco y el pan que traía cada día desde la panadería de siempre, «Dos barras de cuarto». Cenábamos a deshoras, comentábamos las cosas irrelevantes, sobrevivíamos los dos sobre una galera de lugares comunes: el trabajo, «Bien, mamá, parece ser que cuando acabe las prácticas quieren renovarme» (mentira, yo sabía que no seguiría allí), las cosas de mi hermana, el devenir de los días. Siempre pensé que ella intuía (las madres lo saben todo, ¿no?) mis claroscuros, que había visto las fosas más hondas —la oquedad insondable que se extendía sobre mi tiempo, poco a poco—, pero me dejaba estar.

Durante aquellos años elegimos el silencio y fingir que todo estaba bien, elegimos no queriendo elegir, pero también eso es elegir, y dejamos entrar en casa la frialdad, no decir las cosas ni nombrarlas y, por tanto, negarlas. Nunca le pregunté cómo estaba, ella nunca me preguntó qué tal mi vida sin papá, nunca volvimos a poner sobre la mesa aquel dolor infinito, aquel dolor que no pudo florecer ni medrar sobre nuestra piel y nuestra memoria. El dolor también ha de brotar porque si no lo hace se pudre como se pudren las plantas sin sol y sin el rocío de la mañana, cual fruta que madura hacia dentro y se devora a sí misma; ese dolor es el más devastador porque no grita, porque no duele pero, con los años, irá gangrenando cada rincón de cada estancia, carcomiendo la madera de tu sentir. Escondimos aquella pena sin ni siquiera tener la intención de esconderla, es que ninguno de los dos sabía qué hacer con ella.

María, mi madre, perdió a la suya cuando ella tenía tan solo tres años (qué terrible horizonte: crecer sin madre, crecer sin cielo) y todavía me dice que la recuerda; ¿cómo es posible que la recuerde? —media melena, cabello ondulado negro azabache, ojos oscuros, ni alta ni chica y siempre con vestidos largos—. Su primer recuerdo de ella, «Verla sentada en la mecedora con una tela de rayas y un orinal para hacer sus necesidades, estaba paralítica de cintura para abajo por culpa de una infección genital, murió recién cumplidos los cuarenta años». Añade una imagen que no puede olvidar: «Mi madre ya muerta sobre una manta ocre, tendida sobre el suelo del cortijo en el que vivíamos, vestida con uno de sus vestidos largos y rodeada de velas encendidas; yo la vi desde la ventana de fuera, no me dejaron entrar, y mis hermanos mayores (éramos siete hermanos) me sacaron de allí, no querían que mirase».

—¿Hubieses querido entrar? —le pregunté.

—Claro, para despedirme.

Es curiosa la nitidez de su imagen. La recuerda porque a veces la memoria no es un armario con cajones y estantes, es más bien la corriente de un río y el devenir del tiempo algo elástico, el multiverso de los cómics de Marvel, por eso a veces no recordamos lo que hicimos el mes pasado pero sí un instante de hace treinta años. Imagino que callar la pena y tirar p'alante fue su única manera de seguir. A ella le bastó el silencio para sobrevivir. Pero a mí no.

Poco a poco, ese silencio se hizo musgo y nos cubrió de distancia.

Es curiosa la paradoja, porque Sara, mi hermana, me recuerda siempre que siendo yo niño estaba todo el día colgado de los brazos de mi madre, de su cuello y su piel, hay una expresión en Valènça que define exactamente ese vínculo: *tocar mare*, tocar madre; la traducción literal es puramente física pero es mucho más que eso, *tocar mare* es sentir la necesidad de ese cobijo ancestral, la calma total de saberte a salvo bajo un amor indestructible, inevitable; *tocar mare* es volver a casa cuando fuera llueve, que te diga que todo está bien, el túper de tortilla, un jersey de más para el invierno que todavía no es, la mirada dulce ante tu fracaso, el beso en la mejilla, cuidar sin necesidad de porqués, esa entrega absoluta que no entiende de medidas ni aranceles. *Tocar mare* es volver a casa pero yo andaba huérfano de lumbre, me sobraba la cadencia de lo que habíamos sido. Me sobraba cada senda de vuelta a ella, me sobraba el barrio, la memoria, el trecho andado, la tierra bajo nuestra tierra; me sobraban la forja y el sarmiento. A lo mejor fui yo quien quebró los puentes. Todavía trato de entender por qué nos atascamos en el frío.

Leí mucho tiempo después que los primeros meses de vida de un bebé, este sigue fusionado con su madre, porque todavía no es un ser independiente pese a estar *fuera* ya de su vientre; y al no haber desarrollado todavía sus capacidades intelectuales ni sensitivas, lo que madre sienta, recuerde, odie o ame, el bebé lo vive como propio porque de alguna manera siguen siendo dos seres en uno. Lo viví cuando a mi sobrina, Lola, le pregunté «¿Dónde está Lola?» cuando tan solo tenía unos meses. Estaba en brazos de su madre. Señaló con el dedo a mi hermana. Aún sentía que eran una, de alguna manera lo serán siempre porque ese vínculo que nace fisiológico (sangre y células) devendrá en un vínculo emocional que transciende fronteras y empiezo a entender, como el arqueólogo que cepilla con mimo el polvo de un sarcófago santo, que ese vínculo no se apaga nunca. Es imposible.

También leí que nos pasamos los primeros veinte años de nuestra vida llenando una mochila con todo tipo de vivencias y experiencias... para luego pasar el resto tratando de vaciarla. Yo lo hice con tanto ímpetu que perdí la mochila, la olvidé en el camino, fui concienzudo en el olvido como un samurái ante su única misión (*servir*). La mía se llamó olvido. En la niñez nos regalan las llaves del reino, la infancia nos regala el mundo. Renuncié a ese reino pensando que habría otros por conquistar.

Me equivoqué.

5

De cuando en cuando pienso en qué hubiese pasado con la relación de mis padres en esa otra vida en la que él no muere ni se apagan las velas ni hay velatorio ni pérdida ni culpa. Imagino esa otra realidad en la que no soy un mero espectador de mi vida (a veces me siento así) ni una sombra sin árbol ni alguien que huye. Porque de qué iba a huir si hubiese tenido todo el tiempo del mundo para hacer las cosas que no hicimos juntos. Son un trillón. Cuando pienso en esa otra vida que pudo ser (y que a lo mejor está sucediendo en esa realidad paralela donde la ambulancia sí llega a tiempo), a veces creo que mi padre y mi madre se hubiesen terminado separando, que no lo hicieron porque había que aguantar, que no lo hicieron por nosotros: ¿cuántas veces he escuchado esta misma historia? A lo mejor la nuestra es un grano de arena más en una duna con infinidad de relatos consonantes, un valle de almendros ya sin flor, un *lo de siempre* que yo no comparto porque en esto pienso y siento como el Doctor Manhattan en *Watchmen*, uno de los cómics que compré junto a mi padre uno de tantos domingos por la mañana. En una viñeta el doctor cuenta que cada vida «es un milagro tan raro que parece imposible, como que el oxígeno se convierta en oro. En cada apareamiento humano, un millón de espermatozoides luchan por un solo óvulo. Multiplica esa probabilidad por las infinitas generaciones, contra las posibilidades de que tus ancestros vivieran, se encontraran y engendraran este hijo... destilar esa forma tan específica de ese caos de improbabilidad es como transformar el aire en oro... una de las mayores improbabilidades. Cualquier nacimiento es un milagro, pero el mundo está tan lleno de personas que lo convierten en rutina que a veces lo olvidamos». Me niego a pensar que la suya, la de mis padres, era una historia más. Porque cada vida es un prodigio.

Nacieron los dos en el sureste de Andalucía, ella en una venta pegadita al campo, na más que una ermita dedicada a san Rafael y unos cuantos cortijos de labriegos sin más capital que sus manos, el sol de justicia que achicharra los campos y las cuatro paredes de aquellas fincas con patios abiertos al cielo donde siempre crecían parras y había suelos de terracota, gallinero y alacena. Cocinas donde reinaba el alboroto, los frutos de la huerta siempre sobre la mesa. Le leí a la escritora Ana Iris Simón una cosa preciosa, que «no hay nada más bello que el orgullo que se permiten los humildes, porque es el que emana de las cosas importantes». Nunca pensé lo mismo, nunca vi belleza en la pobreza, pero sí alegría. Mi padre creció en un pueblo cercano, ya ciudad, epicentro de la actividad agrícola y económica de la región, piedemontes atestados de parras y huertos, su familia era propietaria de la mayor empresa exportadora. El día a día de su padre, mi abuelo, consistía en visitar alhóndigas, contratar trabajadores, viajar, vender, conquistar. Tenían campos y el primer coche del pueblo, un Hispano-Suiza que se cuela en algún álbum de fotografías ya cuarteado; a mi padre lo enviaron pronto a un internado: «A estudiar». Volvía de tanto en tanto y en cada visita comprobaba cómo aquella posición privilegiada de su familia mutaba en ruina, ventas de tierras y una familia que no supo gestionar el viaje desde un casoplón con servicio hasta la medianía de *aquellos que fueron*. Subir es fácil pero bajar no tanto. Mi padre pudo terminar sus estudios. Volvía también para las fiestas del pueblo, que se celebran cada año durante la tercera semana de septiembre y atraen a todas las localidades, alquerías y villas cercanas. En esas fiestas se conocieron.

Supongo que se eligieron por las razones equivocadas, supongo que hubo muchísimo amor pero no entendimiento, que la inevitabilidad de las cosas pesó más que la querencia íntima de cada uno, siempre imaginé que él se prendó (qué bonita expresión, quedarse prendado) de su belleza, su luz y su entusiasmo, llegan hasta hoy sus ganas de vivir pese al cansancio, pese a los dolores de espalda, pese a los años, pese a todo. Sus ojos, cada día más pequeños, brillan como dos planetas en llamas. Me lo he preguntado siempre, ¿de dónde saca ella esas ganas incombustibles de vivir y por qué no las siento yo aquí dentro? Haciendo el juego inverso, creo que a ella le deslumbró su inteligencia, su manera de contar y de expresarse (ella lo traduce como «galantería») y su bondad: mi padre era un hombre bueno. Lo he hablado con ella estos días.

—¿Qué te enamoró de él, mamá?

—Era muy guapo.

—¿Y ya está? Algo más, ¿no?

—*Hablaba lento*, era muy educado y muy galante, muy suave.

Es que mi madre habla así, usa expresiones de nadie que cobijan planetas dentro, cientos de líneas, millones de caracteres con espacios; es la sabiduría silente y antigua de quien no ha estudiado pero sí ha entendido. Quizá es otra de las secuelas de crecer en un cortijo sin madre, con demasiados hermanos y un mundo bronco. Construyó su visión del mundo expresándose así, como quien tala árboles y abre zanjas sobre la greda. *Hablaba lento*, que viene a traducirse como: «Yo trabajaba en el campo desde los diez años y él estudiaba, yo era pobre y él *un señorito*, yo casi no era y él me cautivó con su mundo alto y ancho». Universos convexos, atracción gravitacional. Pero ella era tierra y él océano, imposible el encuentro. Ella siempre supo vivir porque todavía hoy vive pegada al misterio de lo telúrico (que no es más que lo que la Tierra impone por su mera presencia) y se levanta cuando sale el sol y se envuelve en mantas cuando tiene sueño y abre las ventanas frente al calor y prende la hoguera cuando llega noviembre, pero a él nunca *lo vio*. Ni tampoco él a ella. Desde que tengo uso de razón, nunca los vi besarse.

Ella era tierra y él un océano profundo con pecios llenos de óxido allá en el fondo insondable, donde no llega la luz, conflictos sin resolver, tormentas que lo arrastraban, creo que nunca conocí a mi padre *de verdad*. Se casaron tras años de noviazgo, sin intuir la distancia que habitaban, se casaron sin celebrarlo mucho porque el padre de mi padre, mi abuelo, había muerto tan solo unos días antes de la boda, qué lorquiano el casamiento: muerte, belleza y amor bajo el mismo cañizo. Emigraron hasta València por las razones equivocadas, a él le concedieron una plaza de maestro pero en realidad lo único que quería era huir, él solo quería huir como hice yo tras su muerte, desertar de las expectativas de su familia, vivir lejos del qué dirán, desaparecer hasta no ser para poder ser en otro lugar, una vida sin lastre. Conquistó lo único que sé que de verdad anhelaba: una familia y un comienzo nuevo, nada más. Crecimos, mi hermana y yo, sobre el dificilísimo alambre de ser *la única razón de ser* de esa familia nueva, responsables últimos de su penitencia. Él nunca hubiese elegido echar esa carga sobre nuestros hombros pero nunca tuvo las herramientas para entender, para saber qué le pasaba. Recuerdo sus últimos años, letanías que se apagan, y veo a un hombre pegado a una mochila invisible, llena de piedras y mármol, que cada vez pesaba más. Y más. Consiguió escapar del ruido y las sombras de un entorno que era yugo, oscuridad y juicio pero no de su yo más hondo: eso es imposible. Pero cómo podía saberlo él.

Abandonó su Andalucía natal en busca de la luz blanca de València porque allí, en su mundo chico, no podía ser. Se ahogaba. Emigrar con mi madre no fue una elección, solo supervivencia, pero la sombra del ciprés es alargada y cruza fronteras, memoria, carne y sangre. Esa sombra habita en el silencio y se hace ancha hasta en tu rincón más íntimo. Medra y pudre. Los primeros años de nuestra infancia volvíamos cada verano *al pueblo* para ver a sus respectivas familias, pero aquellas visitas fueron menguando hasta que sencillamente un día no volvimos. Mi padre imaginó que la distancia calmaría su tormento, pero qué va, solo lo negó. La única manera de calmarlo era entender y la única manera de entender era mirar. Porque, en realidad, lo que le da sentido a un viaje no es el destino, ni el camino siquiera, es la vuelta a casa. Mi padre nunca pudo hacer ese viaje de vuelta. A lo mejor lo estoy haciendo yo.

Ahora entiendo que no podemos escapar del dolor quieto ni de la herencia: mis sombras (están aquí, conmigo) eran sus sombras y no hay viaje al confín del mundo que las haga desaparecer ni embajada que las cobije ni luz que las niegue, por eso en realidad no existe un empezar de cero ni un *allí será diferente* por lejos que te vayas, porque algunas cargas las llevamos tan dentro y tan hondo que van siempre con nosotros, pegadas al hueso. ¿Elegiría mi padre a mamá por eso? ¿Para que su incandescencia calmase su noche?

6

Conocí a Lucía en pleno camino hacia un páramo sin lumbre pero ella, y el camino que recorrimos juntos, fue un bálsamo frente a mi abandono. Un dique ante el pantano de la tristeza. La conocí una noche de luna nueva, yo aquel día estaba con Manu (casi siempre estaba con él) y el encuentro con ella fue como deben ser los encuentros cuando tienes veintitantos años y has leído y visto tantas historias donde todo sale bien, porque cuando encuentras a alguien especial las cosas sencillamente salen bien. Así debería ser, ¿no?

Era ya tarde pero las horas parecían arena en las manos estando con ella. Sus ojos brillaban muchísimo y cuando te miraba lo hacía como quien mira las estrellas, tan hondo que aquella noche yo solo quería que siguiera mirándome. Un ratito más. Me gustaba la versión de mí mismo que veía en sus ojos inmensos. Nos separamos del resto de las personas de aquella fiesta, era un encuentro de antiguos alumnos, no recordaba haberla visto en los pasillos. «Será de otro curso», pensé. Esa noche recorrimos la ciudad de madrugada, nos besamos al amanecer. Ya solo quería estar con ella. Es curioso cómo cambia la percepción del tiempo cuando conoces a alguien especial; cuando estaba con Lucía la vida sencillamente sucedía, dolía menos el dolor. Cuando no estaba con ella los minutos eran enredaderas, trampas mortales, lluvia con lodo. Existe un proverbio chino que define exactamente esa sensación de echar muchísimo de menos a alguien, *Yí rì s n qi* , que es un *chengyu* que se puede traducir como «Sin ti un día dura tres otoños». Un día sin ella era un réquiem.

Con ella fueron mis primeros viajes importantes, cientos de tardes en la FNAC, libros cubriendo las paredes de futuro. Vimos juntos *Olvídate de mí* o *Descalzos por el parque*, leíamos en los trenes y nos sentíamos invencibles. Es inexplicable la sensación de que nada puede salir mal porque todavía nada se ha roto: el tiempo es un carrizo de agua clara cuando tienes la certeza de que todas las canciones hablan de ti.

Con ella descubrí que el porvenir quizá se podría malear como arcilla blanda, que a lo mejor no hay raíles en el futuro y que acaso podría construir con mis manos el camino que vendría. No es que me negara a crecer, eso era sencillamente imposible tras tocar la piel fría de mi padre en el velatorio. Su muerte había sido una pila de fuego donde habían ardido todos los guiones de las vidas que ya no serían, en aquel preciso instante se pararon los relojes en una catarsis casi terapéutica. Como para no crecer.

La ilusión de lo que nació junto a Lucía estaba cimentada solo en la candela de la juventud, el crujir de la madera bajo los pies, el ansia de vivir pegada a la piel como la sal a los brazos un día de bajamar. Recuerdo exactamente el año que la conocí porque estrenaron *El nuevo mundo* de Terrence Malick, primavera del 2006. La película me impactó muchísimo, quizá porque es la historia de una huida, precisamente lo que yo estaba haciendo. Hubo momentos de muchísima luz en aquel amor nuevo; quizá sea la combustión infinita, cuando es la primera vez que de verdad sientes *eso*. Y el amor te arrastra. Cuando solo piensas en ella, cuando te sobra el resto del mundo, cuando cada viaje es un regalo y cada mensaje suyo en la pantalla del móvil un vuelco del corazón. Lo quería todo con ella. En verano fuimos a un camping en la Costa Blanca, en Xàbia, cerca de la playa del Arenal. Una tienda de campaña, un colchón hinchable que nos prestó mi hermana, un puñado de piquetas y tensores, ropa para una semana y poco más; fuimos en un coche que conducía mi padre, un Renault 9 de cinco puertas que se caía a trozos. Para dos corazones ilusionados un trasto viejo es un Ferrari. La tienda era de color azul Klein, por las noches deambulábamos por el paseo marítimo, sudábamos muchísimo pero y qué. Sudas porque estás vivo.

La semana en el camping coincidió con la noche pagana de San Juan; fuego y purificación, salitre y renacimiento para celebrar que el sol se despide. Sobre nosotros no había nada más que una luna llena bellísima. Una imagen: mientras Lucía dormía sobre la arena en aquella madrugada, me quedé un rato en soledad con los pies quietos bajo el agua salada (qué placer extraño es sentir el mar al anochecer, ese misterio que atrae como el aire de la sierra) y la sensación en las entrañas de plenitud absoluta, de no querer estar en otro sitio, en ningún otro lugar ni en ningún otro momento. El firmamento sobre mí, nadie más, nada más. Desde esa noche celebro cada solsticio de verano con una fe que no tengo pero en ese misterio sí creo, en esa plenitud descansa mi credo. No recuerdo querer volver a casa. Nos quedamos sin dinero. Sí recuerdo hablar con mi madre algún día después, desde una cabina telefónica, tres monedas solo; recuerdo la frialdad y lontananza, el canto bajito del amor y la piel de antaño mudando en un silencio insoportable.

De Lucía me enamoré por su entrega tan desmedida y tan visceral a la vida, era una mujer sin pasado (mentira, todos somos pasado), una espalda eterna y huesos finos como juncos, el pelo rebelde y la mirada limpia, limpísima. Tenía una hermana a la que no conocía y por eso decía siempre que era hija única, lo decía con orgullo (mentira, había dolor); de su padre había dejado de querer saber nada muchos años antes de conocerme a mí. A lo mejor por eso ella era un animal salvaje con una bengala y un mapa, nunca me dio la sensación de necesitar a nadie. Y mucho menos a mí. Yo miraba un poco extrañado a mis amigos cuando me taladraban con cantinelas en torno a *princesas a las que querían rescatar* porque yo no quería rescatar a nadie, por Dios. Yo buscaba, si es que buscaba algo, una valquiria, comandante de los ejércitos del norte, maestra Jedi, general de las Legiones Fénix, lugarteniente de Jason Bourne. Yo anhelaba, claro, no estar, no ser necesitado, no jugar y por lo tanto no perder (mentira, quería sentir pero no sabía). Encontré hace no tanto una nota escrita pensando en ella: «Me rindo ante la entrega de quien no sabe jugar a medias y olvidó medirse en sus batallas. Me rindo ante su perfume y su calor, y aparco mis grises en el cajón de las cosas pequeñas». ¿Por eso me enamoré de Lucía, para que cubriese mis flancos? ¿Estaba haciendo lo mismo que hizo mi padre con mi madre cuarenta y tantos años antes? ¿Anhelaba, como él, que la vitalidad de Lucía calmase mi noche?

Mi madre empezó una relación con otro hombre al tiempo que yo hacía las maletas para ya nunca volver a aquella habitación todavía con mis cosas. Ni siquiera fui a recogerlas.

7

La casa estaba cerca de un parque. La primera casa que compartimos Lucía y yo era también mi primer cobijo fuera del hogar donde había muerto papá, el primer espacio donde mis cosas ya eran mías, cajones por llenar, una pizarra en blanco con una vida por hacer, el primer capítulo de ese libro que no sabía que estaba empezando (casi nunca sabes cuándo tu vida da un vuelco, sencillamente sucede), cuyo título supongo que era *Hacerse mayor*. Tu primera casa fuera del nido siempre es una conquista porque es tu primera aventura *de verdad* ya lejos de la sangre, en ese refugio depositarás todo lo que eres; todos tus sueños y querencias, la persona que quieres ser y la familia que quizá un día sea —pero también depositarás la mochila que traes de allá—. Por ligero que andes (yo presumía de eso) no existe otra posibilidad, sencillamente no existe, no hay *tabula rasa* ni cumbre sin greda. Nos pasamos el resto de nuestra vida tratando de vaciar esa mochila.

La casa estaba cerca de un parque donde podía correr, montañas en el horizonte, no era barrio pero sí recuerdo sentir familiaridad, semillas en tierra fértil y tardes altas, recuerdo calor en casa. Afuera hacía frío, era noviembre de 2007. Había madera por todas partes, plantas bonitas que yo nunca cuidé y objetos en los que la belleza era el único argumento, para mí la estética era un porqué sin más necesidad de justificación, no hacía falta. Supongo que pensaba: «Es bonito, punto, y con eso es más que suficiente». Menudo imbécil, porque me daba exactamente igual si la pieza de turno era cómoda o útil; solo le exigía apariencia.

Desde entonces tengo una relación peculiar con los objetos (¿es desde entonces?, ¿en qué momento nacen nuestras manías?) y es que sufro muchísimo ante un posible daño, una cicatriz o un roto irreversible, una paradoja bastante poco inteligente: me puedo pasar cientos, miles de horas eligiendo el objeto con todo el amor y la obsesión del mundo para luego cubrirlo por si se daña. Tengo el sofá más bonito del mundo pero no lo veo, está cubierto con una manta por si lo arañan los gatos. Pero es que vivir es exponerte al daño. Lo otro es un invernadero.

Con ella era feliz. Lucía trabajaba en el Departamento de Comunicación de un festival de cine en València y ayudaba también casi siempre que podía a las chicas de ANAA, la Asociación Nacional Amigos de los Animales. Jornadas para promover la adopción responsable, recaudar fondos para refugios, concienciar a la sociedad en torno a sus derechos. Ella veía la realidad a través de los ojos de los perros, los gatos, los pájaros. Era una manera, supongo, de no querer ver la fealdad del mundo. Las personas que aman con locura a los animales anhelan el mundo que ellos ven, su lealtad, su amor incondicional, su sentir desde las entrañas. Por eso tantas veces andan peleados (ella lo estaba) con las miserias del día a día, con nuestros egoísmos, nuestras urgencias pequeñas, nuestros dobles sentidos, nuestras mierdas. Pero es que las cosas son como son.

Quizá las primeras veces —un primer amor, un primer entusiasmo— no siempre brillan, pero cuando brillan emiten una luz limpísima, luz blanca como la luz del Mediterráneo, paredes blancas con buganvillas dando paz y sombra, agua fresca y olor a hierbabuena, que es como huele el futuro. Sábanas de algodón, desear el blanco del lienzo porque lo puedes llenar de presente y la certeza absoluta, una columna tallada en diamante, de que todo va a salir bien, imposible el fracaso: ¿qué es eso? No pretendo volver a aquella inocencia, para qué, pero peleo cada día con uñas y dientes por no dejar entrar en mi trinchera un milímetro a la desesperanza ni al cinismo, eso sí que no. No creer es no vivir.

Celebramos la Nochevieja del 2010 en un restaurante precioso que ocupa la última planta de un hotel altísimo, casi parecía que rasgaba el cielo con sus ventanas. Vinieron dos amigos, desde nuestra mesa veíamos las noches de la ciudad hirviendo y el reflejo de las luces (nosotros, junto a ellas) sobre el cristal. Lucía llevaba un vestido negro, zapatos altos, el pelo alborotado, reímos muchísimo. Nos vestimos juntos tan solo unas horas antes, me gustaba compartir aquellos momentos con ella. Antes de salir nos besamos frente al espejo que había en la entrada de casa. Fuimos al restaurante en coche, conducía ella. Bebimos André Clouet. Sobre el mantel había bolsas con regalos, su bolso negro, una libreta que yo siempre llevaba encima. La vida era un camino solo de ida. Pensé que no existía el pasado, que uno puede construir su vida como si lo de antes no importase. Kilómetro cero. Imaginé, de corazón, que podría vivir en aquel momento siempre: qué egoísta fui al pensarlo porque la arrastré en mi viaje a ninguna parte, donde no hay pasado y (por lo tanto) tampoco futuro.

Tras la cena fuimos a otro local, sillones de cuero y copas sobre las mesas bajas en una zona que habíamos reservado. Bailamos. Se unieron más amigos, ya era tarde, uno de ellos se sentó a mi lado, su padre había muerto no hacía mucho. Hablamos desde el corazón, sin filtros, sin pudor, ni siquiera recuerdo su nombre. Es la calidez del desconocido —a lo mejor por eso tantas veces es más fácil abrirte con alguien que intuyes que nunca volverás a ver—. Nada que perder, nada que esconder. No sé quién le había dicho que yo también había perdido a papá, supongo que Lucía. En algún momento me preguntó: «¿Hace cuánto murió tu padre?». No contesté inmediatamente, no porque no me acordase, es que sencillamente no esperaba la pregunta, «¿Cuándo murió mi padre? En noviembre hizo quince años».

Quince años, habían pasado quince años.

Volvimos a casa. No hicimos el amor. Ella se durmió después de ducharse. Yo me quedé un rato en el salón, no hacía frío pero estaba congelado. Me envolví en una manta, recostado en el sofá, tratando de que no calase en mí un miedo que era piedra fría. La casa se llenó de ausencia. Me temblaba todo el cuerpo. Hasta los huesos. Y sin embargo el corazón latía desbocado. Podía escuchar cada latido porque los sentía también en los brazos, en el cuello y en las entrañas. Tenía frío pero también sudaba. Las pulsaciones por las nubes. La mente era un enjambre, un campo de refugiados, un puñado de agujas finas. No podía pensar ni sentir na más que miedo, que es un monstruo viscoso y ladino porque nunca hace ruido. Esa noche fue la primera vez que tuve consciencia de un daño que yo no veía, a lo mejor lo tenía tapado igual que hacía con el sofá más bonito del mundo.

8

La noche fue como un invierno pero no pude hacer más que dejarlo pasar. Meter aquella sensación —¿era ansiedad?— bajo la alfombra de las cosas que uno se niega. Silenciar aquel millón de agujas finas sobre mi piel bajo la tierra dormida de los días. Seguir sin cautelas —«Y a pesar de todo, seguir»—, pero también sin consciencia. Entonces no pude intuir, era imposible, toda la pena que vendría después. El campo yermo. Las noches sin vida. Las persianas bajadas. El dolor sin voz. Todo se derrumbaría con la paciencia de las cosas que son porque tienen que ser, como una mala hierba que medra. Lento, lento, lento. Pero en algún momento ha de comenzar la caída, en algún punto exacto del tiempo la grieta se hace zanja. En algún momento la sombra se hace verbo.

Un sábado cualquiera de abril del 2012 que ya nunca será un abril cualquiera sucedió la peor cosa que jamás me había pasado tras la muerte de mi padre, pero yo la sentí con muchísima más intensidad. Se hizo añicos la pareja, se quebró como un vaso de cristal contra el suelo. Lucía me lo dijo tranquila, con ternura. La culpa se hizo estaño pese a que toda-vía no tenía lugar en mi vocabulario (*culpa*) ni de le-jos merodeaba mis desasosiegos, pero un punzón sí que sentí (¿cómo puede doler más una ruptura que la muerte de papá?) en mitad de aquel derrumbe, un alud de nieve como los que sepultan a los alpinistas en los documentales. Ellos los ven venir a lo lejos cuando están clavados a la montaña, con sus piolets y sus mosquetones, y observan cómo la avalancha arrastra a la montaña como una ola infinita tragán-dose rocas, vegetación, torres eléctricas —y la vida—, a su paso. ¿Qué pensarán en ese momento? Aquella ruptura fue un alud y aún pienso que una parte mía se quedó allí, en esa separación, quizá era una parte más del yo que casi veinte años antes se había queda-do inmóvil (sentado en el recibidor de casa) frente a la pequeña herida en la frente de mi padre; de nuevo sepultada bajo una montaña de nieve blanquísima y fría. Leí hace poco que una persona vive tres vidas: la primera termina con la pérdida de la ingenuidad, la segunda con la pérdida de la inocencia y la tercera con la pérdida de la vida misma. Es inevitable que atravesemos las tres etapas.

Una de las cosas más difíciles fue organizar la mu-danza. Busqué unas cajas de cartón en un supermer-cado cercano, cinta de carrocero, cúter y bolsas de tela para cables. También usé mi maleta de viajes, una *trolley* azul marino, y un par de bolsas de deporte. Cada caja con un pósit que detallaba su contenido: cómics, libros, tazas de café, deuvedés, cables, ropa, neceser con las cosas del baño, zapatos, vinos, copas, tristeza. Leí en algún sitio que si tras una mudanza han pasado seis meses y todavía no has abierto una caja con trastos, es mejor que la tires sin ni siquiera preguntarte qué había dentro. Para qué, si no lo necesitas. Pensé mientras doblaba la ropa con cuidado que mi vida se había reducido a un puñado de cajas usadas. No le dije a nadie que habíamos roto. Mentira, a mi madre sí la llamé un par de días después. No se lo creía. Yo tampoco.

Una imagen: sentado en el suelo de madera del que ya nunca jamás volvería a ser mi salón, las cajas de cartón sobre el parqué y cientos de cómics dentro; recuerdo organizarlos cuidadosamente, mezclando libros de tapa dura con algunos de grapa, más frágiles. Lo hacía sin prisa, ella me miraba con ternura. Lloré muchísimo y Lucía me abrazó con un calor capaz de cruzar galaxias, yo no veía pero ella sí. Ellas casi siempre ven.

—¿Por qué no te tomas un tiempo? Yo te espero el tiempo que haga falta, Lucía.

—No... y sé que probablemente me esté equivocando pero necesito equivocarme, ¿cómo dicen? Para hacer una tortilla hay que romper los huevos.

—No tiene por qué ser así, no tiene que ser ahora.

—Sí, tiene que ser ahora. No soy feliz.

El alud fue un relámpago pero la ruptura se alargó durante semanas. Otra imagen de aquellos días: el tiempo detenido sobre mi mesa de trabajo en la habitación de invitados. Una mesa de madera vieja, llena de vetas y tardes bonitas, sobre la mesa un ordenador y horas frente a Idealista eligiendo la que sería mi siguiente casa. Era imposible pasar una sola página. Recuerdo la vela sobre la mesa, una libreta, una pluma sin carga. Recuerdo aquella sensación de nada y el frío (desde muy dentro) trepando como madreselva sobre mi angustia, convirtiendo el dolor inmenso en mármol gélido y eligiendo, otra vez, el peor de los caminos: no mirar, no dejar espacio a aquel dolor, esconder todo aquello en un palacio de invierno, dejarlo estar. Mi pena era una lumbre y yo le quité el oxígeno hasta matarla, porque también la pena necesita vivir. La violencia del alud mutó (lo hice yo, concienzudamente) en un verso sin sangre.

Fue la primera vez que me asomé al *acantilado*, un lugar de nadie desde donde nada puede ser, un estado de ánimo, un lugar imaginario como el pantano de *La historia interminable*. En la cima de aquel risco solo hay una casa vacía, un lago helado, un morirse pa dentro. Una higuera proyecta una sombra infinita, frente a ella un mirador de piedra desde el que ya nada duele. Mirar desde el acantilado, muy al contrario de lo que pueda parecer (y esto es terriblemente difícil de explicar), no produce vértigo ni miedo, sino más bien cierta placidez que calma, una sábana de afecto yermo que te arropa sin juicio; nunca tuve la sensación de estar huyendo cada vez que volvía a asomarme a aquel acantilado, porque no fue la única vez, cómo iba a serlo.

Terminé viviendo en una casa pequeña frente a una piscina sin mucho ruido, cerca de un paseo bonito de naranjos. Tan solo una habitación con un armario empotrado y un salón sin recibidor, una butaca y un sofá de dos plazas cubierto siempre con un *plaid* color crema, cortinas blancas, láminas y cuadros (fueron parte de mi mudanza; escasa, por otro lado) sobre los muebles de madera vieja; eso me gustaba. Una cocina estrechísima, una cafetera de cápsulas. Había un portero pero nunca supo mi nombre. La piscina, compartida por la comunidad, era un poco un lienzo de Hopper porque nunca había nadie, me gustaba bañarme al anochecer. Tiré las cajas de cartón tras colocar los cómics, con cuidado, en su nueva estantería. Nunca he vuelto a hablar con Lucía.

Lo que sí hice fue repasar concienzudamente, de manera casi obsesiva, cada una de nuestras conversaciones, emails, cartas y mensajes. Me agarraba a ellos como un náufrago a una tabla, tan solo quería entender, desandar lo andado olisqueando las migajas de pan de la memoria de nuestra relación como Hänsel y Gretel. ¿Por qué a veces parece que llegamos tarde a la vida? Recordé una escena trivial: estábamos en la terraza frente a una mesa de teca ya cuarteada por la lluvia, ella me contaba sus proyectos imposibles, amarillos ingrávidos, un país nuevo de ensueños. «Lucía, ¿cuándo vas a bajar a la Tierra?», le dije desde mi ausencia. Sus ojos viraron desde su azul cerúleo infinito a un gris metálico, se apagó su gesto y con mi indiferencia llené de invierno sus calles, sus jardines, su mirada.

Hubiese matado por viajar en el tiempo y volver a aquella terraza, hasta aquel preciso instante, y decirle muy alto: «¿Cuándo despegamos?», secundar sus guerras, guarecer sus fuertes, pero eso es imposible. A mi lado no había nadie más que mi soledad. Parte de la casa estaba sin amueblar, la cama sin sábanas ni mantas, la cocina nada más que un puñado de armarios vacíos, un pueblo deshabitado, un espacio de nadie. Me asustaba la primera noche allí pero no me veía con fuerzas para volver con mi madre. Aquel viernes, el de la primera noche, pasé por Zara Home a por platos y vasos, dos manteles color crema, dos tenedores, dos cuchillos, dos cucharas, una espátula y unas pinzas, velas que olían a vainilla. Pasé por Ikea a por sartenes y ollas, trastos para la cocina, paños, la tabla de cortar Lämplig, un rallador, una planta monstera. Compré hasta un exprimidor. Nunca lo usé. El paseo por los pasillos con flechas blancas encoladas al suelo gris, rodeado por parejitas felices ilusionadas con su futuro, fue lo más parecido a una tortura.

La primera noche en casa cené una hamburguesa con patatas en el salón, la soledad era una emboscada.

9

Pasaba mucho tiempo en casa porque poco a poco revistas de tendencias, marcas y agencias de publicidad habían comenzado a pedirme textos vacíos de entrañas. El acto de escribir fue haciéndose cimiento. También empecé un nuevo trabajo (no continué en aquella redacción local, acabé mis prácticas y hasta luego) en un grupo editorial donde ya no importaba tanto el ritmo insoportable de la actualidad. En este nuevo curro me propusieron coordinar los contenidos de un suplemento cultural de esos que se reparten los fines de semana con el periódico y que hay que actualizar cada día en la web. De vez en cuando también me pedían algún artículo, crónicas cinematográficas, relatos de algún viaje, alguna entrevista con escritores o autores teatrales. Era divertido, asistía a estrenos, tenía entradas gratis, coordinaba las firmas de opinión, visitaba exposiciones con mi carnet de prensa colgado en la solapa, siempre había sobre mi mesa ediciones no venales de libros todavía no publicados, aprendía muchísimo. Además era un espacio bonito, cerca de casa, diseñado por el típico interiorista con ínfulas de John Pawson, con sus cuotas obvias para parecer un sitio *de diseño* (curiosa paradoja, cuando un sitio pretende parecer algo casi nunca lo es, las cosas de verdad no juegan a eso): la silla Barcelona de Mies van der Rohe, lámparas de Tom Dixon, alguna Cestita de Miquel Milà por el suelo, esas cosas. Además allí podía trabajar menos horas, nunca más de cuatro o cinco al día, y dedicarme a mi placer secreto: despeñarme. Dejar pasar los días, hacer la compra (tenía El Corte Inglés a veinte metros), beber sin más compañía que Cat Power, no hacerme ninguna pregunta, organizar los libros, espaciar (con una frialdad que nunca entendieron) mis mensajes con Ferran y Manu. Tenía cosas bastante más importantes que quedar con nadie de mi pasado: borrarlo.

No tuve valor para explicarles los porqués de mi desaparición, las razones que ni yo mismo entendía de mi huida hacia ninguna parte, un camino de baldosas amarillas hacia un país sin ciudadanos ni bandera. Lo que sí tenía clarísimo es que ni Ferran ni Manu podían acompañarme. Ni ellos ni nadie. Así que sencillamente dejé de contestar sus mensajes y sus llamadas. Imaginaba mi silla vacía en nuestras cenas de amigos, sus noches ya sin mí, sus conversaciones de siempre. Una noche cené con Ferran en Maipi, una barra de toda la vida en el barrio de Ruzafa; pedimos tellinas y ajoarriero, él solo quería saber: «Las cosas no se hacen así, ¿te hemos hecho algo?». Me lo dijo mirándome a los ojos, no había rencor. Me vino a la cabeza una escena de *Las amistades peligrosas*, la película de Stephen Frears con Glenn Close, John Malkovich y Michelle Pfeiffer.

Cuando el vizconde de Valmont abandona a madame de Tourvel lo hace tan solo repitiendo unas palabras: «No puedo evitarlo». No salieron de mi boca aquella noche, pero pensé en ellas a lo largo de la incomodísima cena. Es que no tenía nada más que decir. No podía evitarlo.

Así podía construir en paz una forma de vivir anclada en la nada.

En uno de mis cómics ya perfectamente colocados en su estantería de madera, los tomos de tapa dura en un lado y los retapados en otro, encontré un tesoro. Era una historia que pertenecía a una de las lecturas claves de mi adolescencia: *Sandman* de Neil Gaiman, que en la estantería ocupaba no menos de dos palmos en la sección de obras maestras al lado de *Píldoras azules*, *Barrio lejano* o *Los combates cotidianos*. Ese relato se titulaba *Vidas breves* y cuenta el periplo del eterno llamado Destrucción a partir del momento exacto en el que decide abandonar sus responsabilidades como «observador de las cosas que le pasan a la humanidad». Destrucción es, por cierto, hermano de Sandman, nada más y nada menos que el guardián de nuestros sueños y nuestras pesadillas. En el cómic el eterno en cuestión abandona su cometido porque estaba ya hasta las narices de observar siempre los mismos patrones entre las personas por las que velaba: «Las cosas se crean, duran un corto tiempo y luego desaparecen. Imperios, ciudades, poemas y gente. Átomos y mundos». Todo es siempre lo mismo. Las personas no somos más que un perro que se muerde la cola.

Una aclaración importante, recuerdo bien esta

página porque me fascinó cuando la leí por primera vez, yo tendría dieciséis años y mi padre todavía vivía. Los eternos no son exactamente dioses, el cómic subraya que los dioses dejarán de existir cuando ya no quede ningún creyente. Es curioso porque en muchas tradiciones piensan exactamente lo mismo, nadie muere del todo mientras alguien le recuerde. Por eso son tan importantes las fotografías, las canciones y los claveles; por eso edificaron piedra a piedra la Gran Pirámide de Keops o los panteones en la Almudena, por eso la sombra del ciprés y los cuerpos envueltos en sudarios bordados sobre madera de sándalo antes de ser arrojados al cauce del Ganges en la India, el río donde la vida y la muerte se bañan juntas. Por eso guardamos con mimo los objetos que pertenecieron a los que ya no están, por eso llamar a un nieto como a su abuelo, por eso tenemos tanto miedo al olvido. Recordar no es querer pero, desde luego, es imposible querer sin recordar.

De vuelta al cómic. El reino del eterno llamado Destrucción es el reino del cambio, porque la destrucción es necesaria para la creación y la vida; su mano está, por ejemplo, tras esa semilla que germina en un bosque calcinado. Pues bien, antes de despedirse, tiene con su hermano Sandman (también llamado Morfeo) una charla que todavía recuerdo: «En realidad todos sabemos que las cosas son finitas, que las vidas no duran más que un instante, pero nos decimos a nosotros mismos que no lo son para que la realidad nos resulte soportable. Por eso me gustan las estrellas, por su ilusión de permanencia. Siempre se encienden, se agotan y se apagan. Pero puedo fingir, finjo que las vidas duran más que un momento».

Fingir fue también mi credo y por eso lo esculpí en piedra: nada dura más que un momento, no hay memoria ni pasado y, por lo tanto, tampoco tiene mucho sentido preocuparse por el futuro. Mi padre murió y la semilla que yo planté con mis propias manos terminó germinando en una catedral en torno al momento. Nada que recordar, ningún legado que guardar con mimo, ningún hijo con su nombre.

Estaba cómodo en aquellas rutinas. Leía siempre en una butaca color grana, desde allí recostado podía observar la piscina y el runrún del mundo se quedaba fuera, los vecinos entraban y salían; de vez en cuando bajaba a la piscina de césped artificial, miraba el cielo y cómo los edificios formaban un rectángulo perfecto sobre el azul cobalto en el que a veces se colaba alguna nube. Desayunaba muchos días fuera, porque desayunar fuera es patrimonio de emperadores, tenía un altavoz blanco donde ponía el móvil para escuchar música, dos copas sopladas para mis vinos, una cubitera que casi siempre estaba sobre la mesa de centro. Siempre había libros. Hablaba con chicas a las que pocas veces invité a casa. Paseaba por el camino de naranjos, a veces corría, escribía mis encargos.

De vez en cuando volvía a asomarme a mi acantilado, lo hacía porque desde aquel risco sobre tierra árida todo era más fácil, desde aquel vértigo donde reinaba el frío no había dolor y sí consuelo. Desde allí podía centrarme, ya sin pasado, en el único camino posible: la búsqueda obsesiva y paciente de momentos incandescentes, la belleza como consuelo, cobijar estrellas fugaces. Liberado de la herencia de lo que significó mi padre y del dolor que me negué tras la ruptura con Lucía me sentía renovado, un mirlo desnudo elevándose ligero por el sendero, sin la memoria atada como un cepo a mis tobillos. Podía al fin cruzar el cielo en busca de «Naves en llamas más allá de Orión. He visto rayos-C brillar en la oscuridad cerca de la Puerta de Tannhäuser», como relata Roy Batty en *Blade Runner*, mientras llueve torrencialmente, con una paloma entre sus manos. Ser libre del ayer, exactamente lo mismo que hizo mi padre cuando dejó atrás su Andalucía natal, su vida anterior, su raigón. Y mirar tan solo hacia delante, ya sin retrovisor en el coche, mirar p'alante nada más, ¿qué más podría desear? El futuro sería mi patria; en mi casa no había fotos de mis padres, ni recuerdos cuarteados, ni cartas de nadie. Ningún plan más que el horizonte, ningún debe, ningún haber. En mi libreta de propósitos tan solo placeres efímeros y piel erizada, el resto de mi vida era tierra en barbecho.

10

Conocí a Ricardo en la presentación de un libro, una reedición ilustrada de *Combray* de Marcel Proust, en la librería Tipos Infames de Malasaña. Yo estaba sentado al fondo, mi libreta sobre una mesa redonda minúscula junto a la cristalera, desde allí podía observar las vidas de otros: cómo una mujer de unos cuarenta años compraba unos pasteles, un hombre vestido con un *blazer* azul Prusia salía de la cafetería San Joaquín, pegado el móvil al oído, un chaval paseaba a su perro, ajeno a la bulla de la ciudad. La librería da a la calle de San Joaquín, adoquines y bolardos, una arteria estrechísima del Madrid de siempre, a un lado Fuencarral y al otro la plaza de San Ildefonso. Terminó el evento, se sentó a mi lado, ocupando una silla vacía a mi vera, compartimos un vino blanco, me comentó que había leído algo mío: «¿Por qué no te pasas mañana por la editorial y te enseño el naufragio?» —me lo comentó orgulloso de su trabajo—. Ricardo hablaba sin filtros, con lo que a mí me costaba eso: «¿Te he contado que me he enamorado? La conocí la semana pasada pero ya lo tengo clarísimo... ¡Es la mujer de mi vida!». Lo decía de corazón.

Él dirigía la editorial responsable de traer de vuelta ese primer volumen de *En busca del tiempo perdido*, «Aquel sabor era el del trocito de magdalena que me ofrecía los domingos por la mañana en Combray [...] mi tía Léonie después de haberla mojado en su infusión de té o tila». La editorial era un proyecto más bien ingenuo que editaba poquísimos libros al año pero cada uno era un bonsái, los cuidaba con generosidad y paciencia, sin prisa, sin piedad ante la mediocridad. Eran cuatro personas, no más, Ricardo como capitán de ese barco de imposibles cuya bandera era publicar ensayos, poemarios y novelas —a estas alturas— pensados para lectores con criterio. Un suicidio. Por eso me gustaba. El espacio era una vivienda modernista de techos altos, paredes y puertas blancas, suelos de mosaico y nada más que una mesa larga con cuatro sillas, estanterías con galeradas y libros amontonados en cada esquina.

Pasé mucho tiempo con él ese año, era un amigo elegido ya en la madurez (las amistades de la infancia frente a las amistades de la madurez, lo casual frente a lo elegido —y yo quería elegir—) que se tradujo también en un vínculo que terminaría siendo inquebrantable con una ciudad que es todas las ciudades, Madrid. Ricardo es largo y listísimo, anda desgarbado como un gato y las canas, todavía por aquel entonces, no asomaban entre aquella barba generosa y dulce. Huye del sol porque es blanco como un folio y vive en un constante «No molestar», a lo mejor por eso es la persona más práctica que he conocido nunca. Quizá por eso encajamos, yo era duda y él certeza. Él además es madrileñísimo y quizá la prueba más irrefutable de su mirada castiza sea su manera de estar en el mundo, todo le va bien. Vive aquí y vive ahora y no se enroca de más en ese «pues no sé» en el que tantos habitamos tantas veces. Y lo he visto mal, lo he visto brillar como una lumbre y lo he visto también en las alcantarillas de la pena, pero aun así siempre tiene la respuesta lógica, el camino más práctico: «las cosas son como son, no le des más vueltas». Yo sin embargo nunca fui así, y cuando la pena llega me devasta, me deja sin aire, me deja sin piel y casi sin huesos. Y no hay asideros ni caminos ni porqués. No hay nada.

Ricardo fue también mi excusa para pasar menos tiempo en casa y más en el tren que cada vez con mayor frecuencia me remolcaba hasta la estación de Atocha. Quedábamos siempre a media tarde, tras salir él de la editorial con techos altos, cenábamos algo ligero en Le Cabrera de Bárbara de Braganza para luego terminar en algún garito de la Corredera Alta de San Pablo. Siempre, desde el principio, me abrazó como quien abraza el calor del sol tras un mes de sombra. Ricardo es más alto que yo, así que esos abrazos eran como un refugio calentito, una chimenea en plena plaza Dos de Mayo. Con él me empecé a abrir, pero tampoco yo sabía (ni quería) abrirme mucho; de vez en cuando me preguntaba por la ruptura: «Bien, estoy bien, de verdad. No te preocupes». Yo ya era un experto en el disimulo, así que casi siempre lograba eludir la pregunta íntima y, por lo tanto, incómoda. Los cajones mejor cerrados. Un día recibí un email suyo tras una noche demasiado larga, con demasiadas copas, a veces me escribía en cuanto bajaba del taxi algún verso de un poemario en ciernes. Esa noche volví a casa como pude y de nuevo, sobre la cama y sin poder dormir, la extrañísima sensación de calor y frío al mismo tiempo, sudor sin venir a cuento, el esternón apretando el alma al pecho, no sentía más que miedo. Leí entonces en Google que todas estas señales eran el exacto cuadro sintomático de un ataque de ansiedad. No hice mucho caso a la pantalla, me bastaba con un último trago de Laphroaig y un Lexatin. Su email cobijaba un párrafo que debió de tocar alguna tecla en mí, porque lo guardé en una nota del móvil a la que todavía de vez en cuando vuelvo: «Y que un corazoncillo roto en medio de toda esta historia no es más que eso, una pequeña parte de la historia que tarde o temprano, como te dije aquella vez, acabaremos recordando entre risas en alguna futura reunión de esas que hagamos en casas rurales cuando seamos un poco más viejos».

Me enterneció pero a qué santo, yo no quería recordar ni formar parte de ninguna reunión en ninguna casa rural cuando fuéramos un poco más viejos. Yo solo quería vivir y prender la lumbre, y Madrid fue el escenario perfecto para ejecutar el olvido. Ricardo fue, también, el perfecto anfitrión de esta ciudad donde la memoria nunca es presidio, me abatían y fascinaban a partes iguales sus atardeceres en llamas, su cadencia altanera y su despertar soberbio, por eso es guarida de tantos extraños en busca de todo y de nada, por eso la luz de Madrid cruza blancos y negros, atraviesa planetas, blinda la fe en la candela, siempre «con las manos tan llenas», como el verso de la canción de Quique González *Aunque tú no lo sepas*. Lo vimos juntos en un concierto en La Riviera, pegadito a los Austrias, acabamos un poco borrachos en el Café Central, garabateamos sobre alguna servilleta que entre el Manzanares y Alcobendas habitan 9.139 calles, 31.398 bares y casi tres millones de tarados, cómo no van a estar siempre pasando cosas, cómo no perdernos un día tras otro bajo ese cielo perfecto en su color azul y acacia.

Empecé a trabajar más asiduamente en la capital. Por un lado más artículos para revistas de estilo de vida y por otro textos para marcas a través de sus agencias de publicidad y estudios de diseño; en ese mundo les gustaba llamar a mi trabajo «creación del relato» —para vender humo— pero en realidad era tan solo poner negro sobre blanco con un poco de sentido común. Me divertía pero no había nada de mí allí. En uno de aquellos proyectos, un texto en torno al legado artístico y arquitectónico de las Torres Blancas de Sáenz de Oiza, conocí a Jaume, un profesor de arquitectura metido además en mil historias en las que siempre ejercía de comandante (tenía la cualidad de que el resto del mundo lo viese como un mentor), y a su amiga Maite, que andaba al mando de un *showroom* de moda para marcas rarísimas y con las correcciones de su segunda novela; también colaboraba como comisaria técnica tanto con galerías de arte moderno como con los museos de siempre. Nunca tuve muy claro de dónde sacaba el tiempo ni gracias a qué trabajo pagaba Maite el alquiler de su casa en Conde de Aranda, pero qué me importaba a mí, por otra parte. Nunca le pregunté. Ricardo, Jaume y

Maite fueron mis guías, mis cimientos y mis paredes, mis *panas*, mis boyas en un océano sin mapas ni sextantes.

Leí una vez la historia, entre triste y bellísima (mucha veces se necesitan la una a la otra, la tristeza y la belleza), de un chico que estuvo años trazando una ruta de *reviews* en Tripadvisor de los restaurantes que había compartido con su chica: pero en las *reviews* no había críticas de platos ni qué bonito este local, qué va, eran trozos de una larguísima carta de amor a su exnovia que solo entendió el lector avispado que juntó los trozos de aquel recorrido inverso, desde la ruptura al primer beso. ¿Lo leería ella alguna vez? Y casi más importante, ¿serviría para algo aquella declaración de amor? Seguro que no, pero es que las cartas de amor casi nunca sirven para recuperar nada: en realidad nos las mandamos a nosotros mismos. Precisamente eso me deslizó Maite (que era más o menos mi consejera sentimental) cuando un día hablamos del tema en la Ardosa, ella con su cerveza y yo con mi vino, el pincho de tortilla sobre la barrica que da a la calle Colón: «Es nuestro amor propio el verdadero destinatario de esas cartas tratando de recuperar lo roto». Lo sé porque yo le escribí una carta parecida a Lucía exactamente un año después de nuestra separación, diciéndole bajito que ya estaba bien, que no se preocupase, que estaba superado. Era todo mentira. Nada duele tanto como la certeza de lo que pudo ser y no fue.

Como en el mapa de aquella historia, creo que puedo hacer lo mismo con mi ruta de esos meses por Madrid. Las tardes sin reloj sentados en las terrazas de la plaza Santa Bárbara, Olavide o San Ildefonso. Las risas con Ricardo frente a la barra del primer StreetXO de David Muñoz en Callao (qué felices fuimos allí), los cafés con Jaume y Maite en La Central junto a miles de libros, los paseos por Juan Bravo o salir los cuatro del Tupperware olisqueando ya las primeras luces de otro amanecer sobre el alambre del milagro mientras callejeábamos sin rumbo en torno a las Vistillas, creo que lo llaman «el desfile de la vergüenza». Vergüenza ninguna. La vida era un exceso. Volvieron a mi vida los besos y volvieron las flores, volvió el ansia de piel y amar sin cautela. Vivimos, a lo mejor sin saberlo, sobre esa euforia fugaz que es dejar de lado la esperanza de una vida mejor. Era nuestro credo: no existe una vida mejor. Y desde luego si existe no habita en un futuro posible ni en una casa a las afueras con dos hijos perfectos y un Passat color gris perla (nos reíamos mucho de eso) porque la vida mejor está aquí, en las sobremesas de los Asturianos, en la azotea del Círculo de Bellas Artes o en los sillones del Cock, donde besé casi más que bebí. Casi. Maite siempre ponía la nota realista a mi tendencia al drama y disfrutaba acompañando un razonamiento más o menos lógico con algún comentario pedante envuelto en una cita de, yo qué sé, Bukowski: «El amor sigue llegando 2 o 3 veces en la vida para la mayoría y el resto es sexo y compañerismo y es todo problemas y dolor y gloria...»; siempre tenía una cita para subrayar cada momento de nuestras vidas.

Parecía que todo estaba bien.

Mi amistad con Jaume se hizo andamio, aprendía

muchísimo a su lado, me adoptó como un lobo a su cachorro. Era parco a la hora de expresar sus emociones pero cuando lo hacía se iluminaban todas mis estancias. Una vez me dijo que le gustaba cómo escribía. Le pregunté por qué, «Escribes sin interfaz, con mucho ancho de banda, contando lo que a ti (y no a mí) te importa, lo haces desde la verdad y por eso es bueno. Decía santo Tomás, por cierto, que bueno y verdadero son condiciones de lo bello». Desde el principio nuestro credo fue la admiración, construir proyectos juntos, ver partes de mí en él que me costaba reconocer frente al espejo. Nuestra amistad se asentó así en el silencio —pero de una manera diferente—, era nuestro código. Era un lenguaje porque yo entendía cada gesto suyo. Más que un lenguaje, una frecuencia de onda exacta. Cuando se enteró de que no había terminado de gestionar bien mi ruptura con Lucía (se lo debió de contar Maite), se presentó en mi casa con un reloj mecánico en una caja de madera y una maleta: «Venga, nos vamos por ahí». También pasó al revés, tras la separación de su novia de siempre cogimos el coche y recorrimos España con dos mantas, una linterna y un mapa. Era mi manera de decirle «yo te cuido, amigo». Aquella travesía fue por vías del norte, salimos un jueves temprano desde su casa en Madrid, la A1 hasta Burgos y hacer carretera en busca de tiempo compartido. Desde Burgos hasta Vizcaya a través de vías secundarias, gasolineras perdidas, cafeterías con vasos Duralex. Desayunábamos pronto, paseábamos sin más dirección que andar el camino y hacer alguna fotografía. El paisaje era como uno imagina un pueblo vasco con frío, niebla cubriendo de humedad las montañas, robles tostados y abedules blancos, una calma atronadora. Dormimos en un caserío perdido en Garai y comimos en Etxebarri, un asador en Atxondo, al pie del macizo del Amboto, entre prados, bosques y piedra. Días de paz, troncos siempre calentando la brasa, el agua congelada del río Ibaizábal, la playa de Gaztelugatxe, el Parque Natural de Urkiola. Cenábamos cualquier cosa de vuelta en el caserío, no había nadie más hospedado en la casa de piedra. Fue la primera vez que Jaume me dijo: «Todo lo que no es señal es ruido». No fue la última.

Me gustó la frase, pero no supe hacerla mía. En mi vida no había señal.

11

El tiempo pasa más rápido cuando vives de puntillas. Esta certeza la aprendí mucho tiempo después, ya sin candiles en las farolas ni alquitrán en la calzada; porque cuando vives sobre el alambre del vértigo, en realidad, nada de lo que vives (las relaciones, los viajes o los compromisos familiares) tiene importancia, nada cuaja, ninguna raíz se engarza en el suelo y las parras de tus anhelos íntimos se mueren sedientas de verdad. Nada viviendo así puede ser cimiento.

Mi vida era un viaje de ida y vuelta entre el apartamento sin prácticamente vecinos en València y los días en Madrid junto a Ricardo, Jaume o Maite. Trabajaba y vivía sobre los alambiques del miedo. Los mensajes de Ferran o Manu se fueron espaciando hasta prácticamente no ser. El tiempo compartido junto a mi hermana y mi madre se limitaba a algún cumpleaños, comer juntos de tanto en tanto, cada vez las sentía más lejos. La soledad era mi amante. Mi madre vendió la casa donde crecimos y se trasladó al campo, a una casa sobre la falda de una montaña en el interior, en la sierra de Andilla, un caserío sobre un terreno de dos hectáreas sin luz eléctrica ni agua potable hasta que excavaron un pozo. Allí fue creando de nuevo un hogar junto a Juan, su nueva pareja, era un buen tío. Aquel nuevo espacio lo construyeron con amor, paciencia y cuidado: cemento, hormigón, madera de naranjo, ladrillo, arena, agua y tiempo. Hasta montaron unos paneles solares. Hicieron lo que yo imaginaba imposible, eso que vemos en tantas películas tontas: hacerse con un terreno baldío y una casa en ruinas, arremangarse con poco dinero y muchas ganas y hacer, hacer, hacer. *Poc a poc*, primero un pequeño cobijo adyacente con una cocina con brasas y leña, espacio para alacena y un segundo baño, luego otra habitación (su intención: ser hogar para los hijos de las dos familias, la de Juan y la de mi madre), luego una chimenea de piedra, cristal y acero, más tarde el suelo (que es la patria de un hogar) de terrazo, luego un porche desde el que ver cómo atardece cada día con un horizonte ya sin bloques de apartamentos a la vista, luego una zona donde guardar los coches cuando íbamos, para que estuvieran siempre cubiertos con la sombra de las parras, un pequeño trastero donde almacenar la leña, una casa para los perros o un aljibe para almacenar el agua de la lluvia: agua que luego serviría para el riego.

Fueron restaurando muebles (lija y barniz), comprando en Wallapop azadas, desbrozadoras, aperos, tijeras de poda o una sierra eléctrica para cortar los troncos para la leña que les daría calor en invierno. Yo iba de vez en cuando y en cada visita veía cómo crecía *la casa en el campo* (así la llamamos); los dos,

Juan y mi madre, con el entusiasmo de quien construye una vida nueva, con el compromiso de quien en realidad está cincelando algo para los que vendrán. En el terreno plantaron olivos, almendros, higueras y árboles frutales: manzanas, melocotones, albaricoques, cerezas o ciruelas. También viñas que años más tarde dieron uvas que recogen en capazos de obra y que siempre están sobre la mesa, son viñas jóvenes pero, dentro de unos cuantos años, quizá la generación que viene (quizá Lola, la hija de mi hermana) verá cómo esas vides escarban la tierra en busca de la vida y los nutrientes en las profundidades: es lo que pasa con los grandes vinos, no tienen una vida fácil, han de sufrir (y cruzar las diferentes capas del subsuelo: arcilla, piedra y roca) en busca de bolsas de agua allá al fondo. Las raíces llegan exhaustas, finísimas, casi un hálito de lo que son en el viñedo: pero llegan. Llegan.

Juan y mi madre se levantan cuando sale el sol, sobre las seis en verano o sobre las siete y media en invierno; si hace frío mi madre mete un tronco en la chimenea para avivar las ascuas de la noche anterior, molerá café en un molinillo Taurus color canela, tres toques con la cucharilla aplastando la molienda que minutos después hervirá en la moka oxidada, los aromas volátiles (almendra, tostados, caramelo) del café acariciando cada una de las estancias: primero la cocina, luego el salón y cada una de las habitaciones. Desayunan solo ese café, comentarán las cosas del día (los rituales de los cultivos, abonar la tierra, recoger la cosecha) y a media mañana almorzarán un trozo de pan con jamón, quizá una fruta.

Él quizá corte más leña, ella podará las flores. Comerán pronto, unas verduras del huerto o un arroz al fuego, porque en el campo el horario lo marca el hambre y no las costumbres; hablarán —a lo mejor— de sus hijos.

—¿Has escuchado tú también el ruido de esta noche? Me han despertado los perros sobre las cinco —le diría Juan a mi madre.

—Sí, creo que ha entrado un gato, pobre; después ya no me he podido dormir, me he quedado despierta en la cama.

—¿Por qué no llamas a tu hijo y le dices que venga y nos ayude con los almendros?

—Tiene muchas cosas, no creo que pueda.

Me escribió a media tarde, cuando allí caen las horas, el sol se recuesta y el frío baja por la montaña, cubriendo de niebla primero la serranía, luego el valle y luego cada una de las casas y sus terrenos. *El campo* es una de esas zonas de interior donde hay vecinos pero como si no los hubiera, están pero a la distancia de un paseo, son las cosas bonitas de esa España agrícola que casi ya no es. Como ya será tarde meterán un par de troncos más en la chimenea, luego cerrarán las puertas y comentarán las cosas del día, cada día es un mundo nuevo y cada pequeño detalle (un rosal recién plantado, una plaga en el viñedo) muda en un asunto trascendental: es la sabiduría del campo. En aquel caserío importa más el agua del riego que un móvil sin batería. No tienen wifi.

Yo necesitaba *tocar mare* tras la contestación, un poco tibia, de Lucía a mi carta (venía a decirme que se alegraba de que estuviese bien, lo decía con ternura y cuidado, pero no le pregunté cómo estaba ella: menudo imbécil fui), así que mi respuesta a la invitación de mi madre nos sorprendió a los dos: «Claro, me llevo una maleta y el ordenador; pasaré allí unos días y así me despejo». El camino en coche desde mi casa hasta el campo es un viaje a través del tiempo y la memoria, desde el ruido de la ciudad hasta la quietud del manantial; como cuando cae una piedra sobre un lago, el camino es un devenir de círculos concéntricos saliendo desde la ronda Norte, circunvalaciones hacia el oeste, cruzando zonas de urbanizaciones, cines y los primeros pueblos que ya no son escapada burguesa de fin de semana sino vida lenta ajena al bullicio de la ciudad, gentes de pueblo viviendo sus vidas calmas, alejados del trajín de nuestras urgencias. Es curioso cómo a veces tan solo nos separan unos kilómetros, pero en esos kilómetros caben universos de distancia.

Los últimos minutos hasta llegar a su casa son carreteras secundarias, curvas dóciles y nada más que olivos y laderas de montañas de secano, sin la magia de un bosque exuberante pero con el sobrio magnetismo de un monte desabrigado, retamas de los caminos, los crujidos del silencio. No es tan diferente de donde ella creció, aquella venta en el sur.

En la casa hay una habitación para mí con una cama sencilla, un espejo con un marco barroco color caoba, un armario sin empotrar con ropa que he ido llevando tras cada mudanza (prendas en desuso, pijamas viejos y ropa de abrigo para el frío de aquellos inviernos), una linterna sobre un pequeño aparador y una ventana que da a la serranía. Madrugué al día siguiente, mi madre y yo (vestido con mi pijama viejo) sentados frente a la chimenea, poniéndonos al día de nuestras cosas.

—¿Cómo está Manu?

—Ya casi no lo veo, mamá.

—Pero si os llevabais tan bien.

—Ya...

—¿Has vuelto a hablar con Lucía?

—No, no, además creo que se fue a vivir fuera, no quiero molestarla.

—Venga, vístete en cuanto acabes el café y ayudas a Juan con el vareo de los almendros.

Los almendros se varean en septiembre y lo hacemos como se ha hecho siempre: una malla en el suelo en torno al árbol, horas por delante y cada uno con su vara haciendo caer las almendras. Se recogen así de fácil, envolviendo la malla como un hatillo, se despalillan los frutos y se amontonan en capazos que vamos vaciando sobre el porche, donde se secarán al sol. Una parte se la quedarán y otra la venderán a una cooperativa de la loma a noventa y dos céntimos el kilo. Es una actividad vieja como el tiempo, pero aquel día yo solo veía y sentía incomodidad, incordio, poquitas ganas de nada: ningún rastro de belleza. Solo calor, óxido, cosas viejas e historias de una familia (la mía) que no me interesaban nada. Solo sentía desaliño, ruido, ausencia.

12

Las horas se diluyen en la memoria como el aceite sobre el pan.

Los días siguientes hablamos pero nunca de las cosas importantes, mi madre y yo compartíamos tiempo y espacio, nos acercábamos, pero nuestros escudos deflectores (invisibles, como los de las naves de *Star Wars*) estaban cosidos a la piel y la rutina.

Un día, estando en el campo me escribió Ricardo, ya llevaba un tiempo en serio con Elena (nunca me ha gustado la expresión *en serio*, como si dos personas que se quieren pero no han formalizado su relación fuesen una broma), aquella chica de la que se había enamorado tras dos cervezas en un chino. Creo que ella trabajaba en un estudio de interiorismo, también un proyecto a pequeña escala, el foco puesto en el mimo, no más de dos o tres clientes y pocos recursos pero mucha ilusión. Elena tenía los ojos claros, la nariz angulosa, andaba erguida; pocas veces lo había visto tan feliz. Ricardo estaba emocionado, quería verme, quería contarme *algo*. Pasé algún día más en el campo con Juan y mi madre y tiré para Madrid; quedamos a comer en un japonés a la altura del Museo Sorolla, yo todavía sin intuir la oscuridad que inundaría mi vida poco tiempo después. Por eso cada vez era más habitual refugiarme en mi acantilado, es que en aquel risco imaginario solo había placidez y silencio —y fuera de allí el ruido del mundo me doblegaba.

Nos sentamos en las sillas altas de madera frente a la barra del Miyama Castellana, sobre el mármol negro dos manteles de cuero, los palillos y las copas. Frente a nosotros el cocinero, Junji Odaka, estaba absolutamente entregado a su *katsuramuki*, el arte milenario del corte del sushi; mientras escuchaba a Ricardo, yo observaba cómo el cuchillo se deslizaba entre sus manos ajeno al tiempo con una precisión lírica. Pedimos *nigiris*, *sashimi* y *usuzukuri*. Para beber él un tinto y yo un blanco, fue un sábado de septiembre y la ciudad era un arroyo de arrebatos cruzando Castellana de un lado para otro sin más plan que el júbilo. A Ricardo la vida le salía por los poros, hablamos de paternidad, era de *eso* de lo que quería hablar. Era *eso* lo que tenía que contarme. Yo siempre miré a la querencia por ser padre (por ser *papá*) entre el miedo, la ternura y la curiosidad; el mío era un miedo atávico, un miedo más allá del miedo porque no está aquí sino en algún lugar del futuro, en ese lugar sin nombre de las cosas que todavía no son. ¿Cómo puede asustar algo que todavía no es? Cuando me lo dijo tenía los ojos en llamas: «Quiero ser padre, quiero intentarlo con Elena».

—Pero si lleváis muy poco tiempo, Ricardo.

—¿Y qué? Lo tengo clarísimo, van a salir guapísimos, además —se rio, pidió una botella de *champagne* para celebrarlo por todo lo alto.

—¿No deberíais, yo qué sé, vivir un tiempo juntos antes?

—Lo que no quiero es que la vida me diga: «Pequeño, creo que vas a perder ese avión...» —Ricardo se refería a la última escena de la película *Antes del atardecer*.

—Qué cojones, tienes razón, esta noche invito yo.

Su «quiero ser padre» cayó sobre mi pena como un árbol de adamantium ancho como un bosque pero lleno de luz, las cosas que duelen a veces parece que no duelen y, no obstante, son las que más hondo se nos clavan porque se astillan. Leí un tiempo después una cosa bellísima en torno a la paternidad, la firmaba Xacobe Casas pero se la leí a Manu Jabois: «Un hijo es como tener algo siempre al fuego». Qué tremenda metáfora. Yo no tenía ninguna intención de tener nada en el fuego porque es que no había fuego sobre el que guisar, ni calderas ni cocina ni casa siquiera; sin embargo me pareció bonita la imagen, porque si el amor puede traducirse en algo es en cuidado. Cuidar es amar. Un hijo es como tener algo siempre al fuego. Imagino que está escrita la sentencia desde el tono de advertencia («No tengáis hijos, que nunca podréis volver a tener la vida que teníais»), pero yo no puedo evitar ver el otro lado, el lado que duele; tener algo siempre al fuego es vivir entregado a algo, yo y mi hermana fuimos ese algo que estuvo siempre en el fuego de mis padres, su razón para seguir, la grieta pa no romperse.

Acompañé a Ricardo hasta la puerta del taxi y volví paseando hasta el hotel en el que cada vez era más habitual pasar temporadas cuando paraba en

Madrid, el Only You de la calle Barquillo, en Chueca, que justo acababan de inaugurar. Mi vida allí era muy diferente a mi vida en València. En mi casa de alquiler frente a la piscina sin casi vecinos los días pasaban lentos, leía cómics, escribía sin prisa, me entregaba de tanto en tanto a naufragios de los que tardaba días en recuperarme. Durante esos días las persianas siempre estaban bajadas. En Madrid vivía entre el hotel de Barquillo y un NH en Lagasca, a tres pasos de todo. Los días en el hotel eran una paradoja, el escenario perfecto para camuflar una tristeza que crecía como hiedra en mi desasosiego. La moqueta de la habitación, el desayuno frente a parejas de provincias o empresarios de viaje, las copas en el bar, algún libro siempre bajo el brazo, la cortesía del extraño que en realidad no sabe de ti. En esa embajada de nadie me sentía seguro.

El paseo tras la cena con Ricardo se me hizo eterno, subí en el ascensor hasta la tercera planta, donde estaba mi habitación. Abrí las ventanas de par en par, Augusto Figueroa era una fragua, la ciudad hervía, pero yo estaba muerto en vida. Su posible paternidad fue un clic, me hizo daño. No salí de la habitación aquella noche, no es que ser padre no estuviese entre mis planes —no lo estaba—, es que su entusiasmo me cegó. Estaba realmente feliz por él y su alegría era un bálsamo, pero aquel día Ricardo fue un espejo de cosas que no me gustaron en mí, yo no sabía qué me pasaba ni poner nombre a aquel dolor en las entrañas, pero lo que sentí frente a él en la barra del Miyama me turbó. Es que las personas que elegimos casi siempre son espejos, para bien o para mal, de partes nuestras que no siempre entendemos.

El padre de Ricardo murió tan solo unas semanas después de aquella comida, una muerte inesperada por culpa de esa enfermedad que no avisa. Volví a ver a Ricardo en el Milford (un bar de copas en Juan Bravo con sillones de cuero, mármol y gin-tonics en vaso) acaso un par de meses después, cuando lo abracé ya era otra persona, porque cuando pierdes a tu padre ya no eres nunca más la misma persona, ¿cómo lo vas a ser? Aquella muerte nos unió muchísimo, porque cuando uno pierde a su padre —aunque lo niegue, como fue mi caso— entra desde el minuto cero en un club sin nombre ni heráldica ni sede social: un club privado de padres muertos, y a partir de entonces la textura de la relación cambia. Dicen que con los secuestrados pasa lo mismo. Lo imaginaba peor de lo que lo vi.

—Yo pensaba que iba a tener una vida como la de mis padres —me dijo desde la ternura.

—¿Sí? Creo que yo he pensado siempre justo lo opuesto —le dije yo—, que no iba a tener su vida, quería tener la mía, de la suya creo que siempre he huido. ¿Hablabas mucho con él?

—Todos los días de mi vida llamaba a mi padre y a mi madre, por separado.

La confesión precedió a un silencio sorprendentemente cómodo (ahí es cuando sabes que estás ante alguien importante en tu vida: en los silencios) y volvimos a nuestras cosas: el cine, mis idas y venidas con alguna chica, los libros, los viajes y las revistas. Él andaba con un ensayo que en realidad era una entrevista con Jonás Trueba, un director de cine español que nos gustaba a los dos. Hablamos de su nueva película, que iba sobre una pareja que se vuelve a encontrar muchos años después, una de esas historias ancladas en el *tenía que ser así* que tanto le gustan a Ricardo, que vienen a decir que todo lo que nos pasa son pequeños accidentes en torno a ese gran dibujo del universo que él llama serendipia. Yo me imagino que en el fondo es un bonito consuelo: todo pasa por algo, hasta lo peor que te pase cumple una función en el gran plan. Yo nunca había visto la vida así, ojalá. No hay plan, no hay mapa, no hay consuelo. Me contó también que había roto con Elena aquellos días, las malas noticias casi nunca vienen solas. Se hizo otoño la tarde. Ella no le había dado muchas más explicaciones —sencillamente había dejado de «sentir eso»—; él lo encajó como se encaja la tristeza cuando ya no hay cielo. Como una ciudad sin palabras, el hastío se hizo verbo. Volví caminando, cruzando ese Madrid ajeno al tiempo, bajando Lagasca y cruzando Ayala, Hermosilla, Goya y Jorge Juan. Ricardo hablaba con su padre y su madre todos los días de su vida. Eso son muchísimos días, me sentí fatal porque la relación con mi madre era un lienzo borroso, como esas pinturas de Monet con trazos desdibujados, casi abstractos, recordé entonces una de sus obras, la que siempre había sido mi favorita: *La route de Vétheuil*. Un lienzo tan bello como frío. Tan solo sentía desamparo.

Nuestra conversación en el Milford en torno a la muerte de su padre abrió un tajo en mi vida de entusiasmos entre València y Madrid, donde cada vez había menos espacio para el amor. La ligereza se tornó yunque y la tristeza sin nombre que habitaba alguna de mis noches se hizo piedra. La pena ya era un elefante en la habitación. Cada día era más difícil evitarla, cada día era más difícil negar lo evidente. No estaba bien.

13

El invierno sucedió al otoño y la primavera al invierno. La primavera es especialmente hermosa en el Mediterráneo porque florecen el almendro y el cerezo, brotan los aromas del jazmín y el azahar de los naranjos inunda los paseos y llena de alegría las terrazas, crece la buganvilla en los jardines. No importa lo bajito que estés porque la tercera semana de abril todo huele a renacimiento y perdón, la vida despierta y estalla en un millón de colores; es la eclosión de las flores y el entusiasmo, vencejos y golondrinas migrarán de vuelta a casa y a las fruterías habrán llegado las fresas y las ciruelas, también la esperanza. La tristeza, al menos la mía, se hizo más ancha aquella primavera, supongo que por pura comparación con la vida de fuera. La pena corta como una navaja cuando ves y sientes que florece el mundo al compás de tu tibieza.

En abril dediqué más tiempo a escribir sobre vinos: me habían pedido un especial para una revista gastronómica sobre el marco de Jerez. Ya lo había visitado un par de veces y en una de aquellas ocasiones había conocido a Martín, un viticultor que no se parece a ningún otro: por eso nos hicimos amigos. Martín viste siempre de negro, prendas arquitectónicas (el término me lo enseñó él) y vive ajeno a la vulgaridad del mundo en su refugio gaditano. Martín está en mi vida con la inevitabilidad de las personas que se te cruzan y no puede ser de otra manera porque se enraízan, te envuelven como un perfume de otoño (almizcle, cedro y madera, huele a rincón secreto) y ya tu mirada sobre las cosas es un poco también la suya. Él siempre dice que «los búhos nos reconocemos», tiene las paredes de su bodega llena de recortes de revistas de moda antiguas, bebe vino en vaso, nunca esperó a nadie. Tiene los brazos cubiertos de tatuajes con pasado y su piel parece de esparto, come despacio y es la persona que conozco que más cómodamente vive instalada en el futuro, él vive allí, sin mucho margen para la duda. Siente más que piensa.

Martín dejó su vida a medias para dedicarse a hacer sus vinos y unos fanzines rarísimos de moda y arte que yo pensaba que nadie leía pero parece ser que compraban hasta en Bergen, en la costa suroeste de Noruega, en alguna librería de modernos. Mi vida oscilaba entre la editorial en València y los proyectos en Madrid, pero había llegado a un punto muerto. Por qué no pasar un tiempo con Martín en su Cádiz. Tampoco le di muchas vueltas, le escribí un email (no tiene WhatsApp) y me contestó a los dos días: «Pero qué alegría, vente p'acá cuando quieras, tienes tu cama lista. Trae contigo libreta, tu cámara de fotos y lo más importante: tiempo».

Fui en coche, parando en alguna venta, comiendo cuando tenía hambre; tardé una vida en llegar —casi un día—, pero de camino vi almendros en flor, chopos viejos como el tiempo y el reflejo del sol sobre el mar, a mi izquierda. Cuando estás perdido los viajes son mejores, porque no tienes ningunas malditas ganas de llegar a ningún sitio. Crucé Puerta de Tierra casi al anochecer, la ciudad estaba iluminada porque celebraban, vaya tela con mi suerte, la Semana Santa marinera: cofradías recorriendo las calles, salmos de penitencia, Domingo de Ramos hasta la catedral, pero antes, procesión a paso lento, tallas bellísimas, el calvario sobre la cruz y mi piel de gallina. De verdad que me emocionó tanta fe, permanecí inmóvil fascinado ante el crujir del silencio. Qué lejano todo aquel folclore pero qué cerquita lo sentía.

Mi tristeza se iba haciendo chica. Su casa tenía un precioso patio andaluz —un patio señorial— y daba justo a la calle Ancha, a pocos metros de la librería Quorum y de una heladería, los Italianos, donde tomábamos el café todos los días. Mi habitación, una cama sencilla de noventa, daba justo a la calle principal, solo la decoraba un mueble con libros, deuvedés de pelis antiguas y una lámina de un concierto de jazz (creo que era The Dave Brubeck Quartet) pegada con celo de doble cara. La cocina formaba parte del salón o mejor: el salón formaba parte de la cocina porque esta era el epicentro de aquel reino. En cuanto dejé las cosas Martín ya estaba preparando algo de cenar y un par de copas de una manzanilla sanluqueña; sobre la mesa había limones frescos, albahaca, tomates, quesos de la sierra, ostiones del mercado y tabaco de liar. Yo ya conocía sus reglas: primero vivir, luego hablar. Ya tendríamos tiempo. Además, ¿qué tenía que contarle? Eso que sentía cada día más pegado al pecho y a las entrañas era una talla sin forma, una melodía triste y pegajosa que de tanto en tanto acompañaba mis días.

La rutina llenó de luz aquella semana, me dejé abrazar por el tiempo cotidiano, la calidez de un lugar nuevo. Desayunaba pronto, un paseo en busca del periódico, a lo mejor unos churros en La Guapa, en la plaza de la Libertad, un paseo por el mercado de abastos, nos veíamos siempre sobre las doce en el que desde el primer día fue mi santuario allí, la taberna La Manzanilla de la calle Feduchy. Yo le esperaba hablando con Pepe, el tabernero, en una mesa del fondo frente a un par de carteles taurinos y de espaldas a las seis botas donde duermen en penumbra sus amontillados, manzanillas, olorosos o mostos. Allí leía, tomaba notas para libros que nunca escribí, hablaba con los parroquianos hasta que llegaba Martín, y con él llegaba la fiesta, con él se hacía verso la alegría; en eso Martín me recuerda mucho a mi madre, los dos son aire fresco, bulerías al son de su vivir sencillo. En la taberna los vinos se sirven en un vaso chico llamado gorrión junto con dos aceitunas y toda la calidez del mundo. Al quinto día ya era habitante: qué importante fue su amparo. Pepe me regaló una edición preciosa de *El padrino*, en ratitos tontos me leí las *Narraciones extraordinarias* de Edgar Allan Poe, uno de cuyos relatos se titula «La barrica de amontillado» (Pepe colecciona literatura en torno a las tabernas); también cayeron en mis manos unas obras completas de Savater, habitual también de este despacho de vino que no es un bar, es un museo: «La taberna es un paréntesis en la vida, como el sueño; y, también como el sueño, ese paréntesis está más lleno que la propia vida».

Las tardes pertenecían siempre al barrio de la Viña, ese Cádiz dentro de Cádiz condensado entre Rosa y Sagasta, a lo mejor unos chicharrones en Casa Manteca, Corralón de los Carros esquina con San Félix —allí se unía su gente, que también terminó siendo la mía—. Pateábamos desde la plaza del Tío de la Tiza hasta Virgen de la Palma y un pisquito no más en la barra de El Faro antes de enfilar el camino hasta el final del camino, que en Cai siempre es el mismo: otro atardecer en La Caleta. Antes de las primeras luces ya los pescadores canturrean por las mañanas, caleteros en busca de caballas, urtas o mojarras. La pesca se venderá a lo largo de la mañana en sus neveras de corcho blanco. Toda la playa está cubierta de barcas multicolores. Con el viento del Atlántico las pateras se mecen en la superficie del agua. Bajo la sombra del balneario de la Palma dos adolescentes se besan.

Y allí nos quedábamos, sentaditos sobre la arena y sobrecogidos ante el milagro. Se nos hacían las tantas hablando de na mientras en el horizonte el sol se despedía, bellísimo, flanqueado por los castillos de Santa Catalina y San Sebastián; desde su malecón se tiraban los chavales al mar cuando hay marea alta. En esta playa diferente a todas las playas cada piedra tiene su nombre (la piedra *cuadrá*, la piedra *reonda*, la palangana, la piedra del erizo o la puntilla), y parecía que mi pena se hacía chiquita. Allí me sentía bien y, al menos durante unos días, parecía calmarse el miedo y aquel dolor tan hondo que casi siempre sentía en el pecho. ¿Por qué? Algunos atardeceres los viví ya sin Martín, aquella placidez era un bálsamo. No sabía por qué pero sí intuía que si allí estaba tan nítidamente bien, es que el resto de mi mundo, y yo con él, estaba mal. Parece una ecuación sencilla pero no lo es. Finalmente hablamos.

—¿Por qué no te quedas unos meses? —Debió de verme cansado.

—Mi vida no está aquí, Martín, no te creas que no me gustaría, pero es imposible.

—¿Por qué no? —Martín aplica ese «¿Por qué no?» a prácticamente todo.

—El trabajo, los proyectos, la casa que cada día siento más mía, mis cosas...

—Tus cosas las traes en cajas, que no son más que cosas; en cuanto al trabajo, no digas tonterías, algo te saldrá: tú siempre caes de pie.

—¿Y si un día no?

Qué tontería; me llenó la copa ya sin réplica, como diciendo: «Pues yo te recojo». En realidad lo estaba haciendo. Por las noches pasábamos mucho tiempo en su bodega, en aquel rincón (además) coleccionaba tipos de plomo, papeles reciclados, tintas con base de soja y tenía una imprenta tipográfica Heidelberg (que viene a ser como el Quijote de las imprentas) para editar sus fanzines; escuchábamos discos antiguos y bebíamos sus vinos pero también vinos de todas partes, acabamos con sus reservas de *champagne*. Él era más de Cédric Bouchard y yo de Georges Laval, pero nos daba igual. Los paseos en soledad se hicieron, para mí, cada día más frecuentes. Visitaba anticuarios, compraba libros viejos en la librería Raimundo o libros nuevos en Falla, en plaza Mina. Leía a todas horas, especialmente poesía: «Es increíble: pero todo esto / que hoy es tierra dormida bajo el frío / será mañana, bajo el viento, / trigo», en un libro antiguo de Ángel González. Martín seguía a sus cosas.

Yo volví a mi casa en València sin hacer mucho ruido, una mañana de abril. Volví del tirón, conduciendo sin parar más que para repostar; volví exhausto, sobrecogido, vacío. Volví a mi vida quieta y el mundo se me vino abajo.

14

Cuando volví de aquellas semanas con Martín decidí afrontar lo inevitable, había que poner nombre a lo que me pasaba y lo mío tenía uno que todavía no podía verbalizar. Veía al resto del mundo agrietarse, todo me cansaba, todo me aburría. Las conversaciones se me hacían eternas, miraba ya sin disimular el reloj en los compromisos, observaba a la familia de mi familia como un ente desdibujado y grotesco, no quería estar con ellos, para qué. Pensaba que estaban malgastando sus vidas, su tiempo y su presente en sus quehaceres mediocres, con sus problemas pequeños, su mundo vulgar. Resignados a envejecer un poquito más cada día, a ser rebaño na más, hablar siempre alto, ¿qué pintaba yo ahí?

En mi casa me sentía como un polizonte, desterrado de mí mismo, calles vacías con losas desgastadas, helura en campo árido. En realidad yo también estaba huyendo, como mi padre. Tras los días en Cádiz, donde la vida era tan fácil, el dolor se hizo insoportable hasta ocupar cada rincón de mis rutinas. Estaba deseando irme de ahí, ¿pero a dónde?

El tedio también llegó a mi trabajo, es que el hastío es como el chapapote, no es un clic reconocible, sino más bien como un derrame de petróleo tras el hundimiento de un buque con un tajo en el casco. Cuando te das cuenta ya puedes ir buscando los botes salvavidas porque quizá ya sea tarde. Dejé mi trabajo en el grupo editorial, donde pasaba un puñado de horas al día escribiendo en torno a artistas muertos y cultura independiente; qué pedantes son los medios culturales en España, por Dios Santo. Como lo compatibilizaba con colaboraciones cada vez más habituales en revistas, algún periódico y con los proyectos puntuales con Jaume, pensé que a lo mejor era el momento de dedicarme a eso de lo que llevaba tiempo huyendo: escribir sin patrón. Pagar, cada final de mes, la cuota de autónomo y los cien pavos de la asesoría fiscal ya sin la red de una nómina; pero estaba tan muerto en mi vida, tan frío y tan bajito que ni siquiera sentí miedo ante el abismo.

Había que hacer algo, quería hacer algo, así que empecé a probar cosas. Maite me recomendó un médico extrañísimo, una clínica de biología aplicada a las afueras de la ciudad cerca de un río sin agua; en la puerta se leía BIOENERGÉTICA. Entré. No parecía lo que mis prejuicios gritaban; yo imaginaba fuentes de agua, incienso y láminas con mensajes tántricos ilustradas por algún yogui con una barba blanca hasta las rodillas, pero no, era una clínica muy neutra con tonos blancos, sillas de Ikea, personal con bata. Lo primero fue una charla para tratar de explicar a un señor muy hablador por qué yo estaba allí sentadito. Me hicieron pruebas, un «diagnóstico sistémico» con una máquina de muchos botones que parecía un cacharro del dentista pero qué va, en el trasto ponía Biorresonancia MORA. Me dijeron que la medicina *convencional* a la que yo estaba acostumbrado era básicamente reactiva: fármacos, radiación o cirugía, tratar de solucionar el síntoma sin interesarse mucho por el origen; en cambio, en Oriente es preventiva: alimentación, salud mental, corrientes energéticas. No parecía aquel viaje una visita a Disneyland pero punto uno: todo sonaba terriblemente razonable. Punto dos: ya no estaba yo pa hostias.

Llegaron los resultados, mala pinta. La nomenclatura de todos los posibles trastornos era terrible: electroestrés, metales pesados, disbiosis intestinal, intolerancias alimentarias, tóxicos medioambientales y pólenes, patógenos (hongos, virus, bacterias, parásitos) o alteraciones emocionales. El buen doctor me vino a decir que, con mi patología, «era imposible que fuese feliz», porque mi cuerpo no era capaz de generar serotonina, como si mi vida fuese una novela de Emmanuel Carrère. Me contó sin muchos detalles que algo le pasaba a mi meridiano *yangming* (que cruza el estómago y el intestino grueso), que parece ser es el lugar de nuestro cuerpo donde se genera prácticamente la totalidad de la serotonina y la dopamina, que vienen a ser como los Reyes Magos de nuestro entusiasmo: «Y como fisiológicamente es imposible que seas feliz, es fácil que busques chutes de felicidad momentánea comiendo dulces, bebiendo de más o a lo mejor cosas peores». *A lo mejor cosas peores*, sonreí. «¿Pero puedo hacer algo con mi meridiano escacharrado? ¿Esto tiene cura?» «Prácticamente todo la tiene —me respondió con el ego infladísimo, parecía un pavo real—, pero tienes que querer.» Ahí estaba la puntilla espiritual, directa a mi cara de póker. El tratamiento fue una mezcla de impulsos eléctricos, acupuntura y frecuencias vibratorias. Recuerdo una imagen: yo estaba tumbado, todo mi cuerpo lleno de agujas finísimas, algunas de ellas (en el estómago, los dedos y algunos puntos de los pies) conectadas a otra máquina, la electricidad corría por cada una de las agujas, dolía bastante, me dejaron en una habitación a oscuras. Estuve así una hora. Ahí sí lloré.

De allí salí con una lista de alimentos a evitar y un taco de pastillas para engullir cada día. Sin problema con eso: Ozovit, *acidophilus*, zinc, selenio, vitamina C.

Estuve así meses, aquel curandero era mi rosario, me agarré a ese clavo ardiendo. No sirvió para nada.

15

En mi vida había chicas pero no corazón, trabajos bonitos y éxitos aparentes. Las colaboraciones editoriales con las revistas me servían de excusa para viajar cada vez más, conocer otras culturas, asomarme a tantos tesoros por conquistar. Pensé que viajando hasta el último rincón del mundo encontraría respuestas a preguntas que ni tan siquiera intuía. Pensé que la pena se atenuaría con la distancia, que la lejanía traería el cielo limpio, que encontraría claridad en el olvido. Es increíble cómo el resto del mundo es incapaz de ver el dolor tras cada persona, pero en realidad tras cada persona late un abismo. De vez en cuando volvía al campo para ver a mi madre, días en calma que se alternaban con noches incandescentes en Madrid de la mano de Ricardo o Jaume, pero nunca les conté a ninguno lo de mi pena ni el dolor que latía bajo mi pecho. No les conté que cada vez pasaba más tiempo cobijado en mi palacio de invierno. Me avergonzaba mi vida en sombras. Dejé la casa frente a la piscina y me mudé a un apartamento en la playa. Leía mucho, escribía todos los días, mis visitas al acantilado desde el que todo era letargo ya no eran visitas puntuales: estaba más allí que aquí porque desde la cima de aquel risco, anestesiado, nada dolía, todo era silencio y la sombra dulce de la higuera cuando visitaba aquel mirador de piedra frente al lago helado. Una umbría cada vez más oscura. No sentir era un consuelo. Pero había otro lado de la moneda, el regreso a mi vida normal era cada día más difícil. Todo pesaba.

Tras diez meses de visitas quincenales y un buen puñado de sesiones de acupuntura me dijeron en la clínica bioenergética que no volviese más, solo me quedaba continuar con la vitamina C y con unas pautas alimenticias aburridísimas: «Ya sabes lo que tienes que hacer», me dijo el pavo real. Pedí seguir yendo. Me dijeron que no. La verdad es que no, querido doctor: no tenía una mierda de idea de lo que tenía que hacer.

Así que continué con lo mío: dejar pasar los meses, conquistar planetas, decorar el apartamento de la playa con la belleza como único argumento. Lo llené de objetos con historia, diseños icónicos, paredes blancas, láminas perfectamente enmarcadas apoyadas sobre el parqué; me divertía construir un espacio sin vulgaridad, cada día más lejos de la casa donde murió mi padre. A años luz del cortijo donde creció mi madre. Escondí todos los cables. No había ni un plato sin firma. Ninguna planta que regar. Vivía frente al mar pero no recuerdo pisarlo ni pasear bajo la luz de ningún atardecer porque o estaba encerrado en casa o estaba viajando. Supongo que lo que hacía era seguir a rajatabla aquel plan mío: mirar solo hacia delante ya sin retrovisor en el coche, mirar p'alante nada más. Ningún plan más que el horizonte, ningún debe, ningún haber. Volví a Cádiz exactamente un año después, durante la Semana Santa de 2015, a buscar de nuevo el cobijo de Martín, los conciertos de jazz y el flamenco en su casa frente a la calle Ancha, su patio andaluz con flores frescas, los libros viejos y mis ratitos con Pepe en la Taberna. Volví de allí con la misma sensación: vacío.

Cuando uno está perdido y no sabe qué hacer con su vida Madrid te acoge como una manta calentita de mohair, como una de esas mantas que tejen artesanos sin prisa en Ezcaray. Maite andaba separándose de su última pareja, la directora de comunicación de un hotel en la sierra, educadísima, me caía bien, nos veíamos de tanto en tanto, me gustaba cómo se miraban y observar desde mi silencio su intimidad infinita, un jardín sin equipajes donde reinaba la ternura. Nunca le pregunté qué había pasado. Aquella ruptura nos unió más y nos ayudó a armar una rutina bonita, comíamos siempre en el centro, muchas veces en el restaurante La Buena Vida de las Salesas; ella pedía siempre la raya con mantequilla negra y yo unas patatas a la importancia con algo de caza, pichón. Teníamos reservada todos los miércoles la mesa junto a la ventana, siempre bebíamos el mismo vino, un Pouilly-Fumé. Una imagen sinestésica: el blanco del mantel de lino, y su tacto cálido, las copas con diferentes grados de color, desde el dorado tranquilo de Borgoña hasta el ámbar del amontillado, el platillo con el corcho, su bolso (sin logotipo aparente) sobre el alféizar que hay bajo el ventanal, las migas de pan, las tazas de un café ya casi extinto.

Siempre he visto belleza en las sobremesas, en ese *tempo* suspendido, en esos bodegones casuales; en el mundo del arte llaman a estas composiciones naturalezas muertas. Qué nombre tan exacto.

Maite tiene los ojos grandes como un personaje de manga, viste siempre camisas blancas y pantalones de tiro alto, vive escondida en su personaje, pero a esa coartada la traiciona su ansia por vivir: habla con la mirada, con los gestos, con los tonos de una voz rotunda, con las manos, con las pestañas, con las ganas. Se expresa siempre calmada pero gesticula muchísimo, no aparenta tener miedo porque lo tiene, presume de no necesitar a nadie, no tiene coche y vive pegada a una maleta que algunas veces traía a nuestros encuentros.

Después de comer callejeábamos desde Conde de Xiquena, Barquillo y cruzábamos la plaza Vázquez de Mella hasta que abría Del Diego a las cinco, donde a veces se nos unía Jaume, siempre saliendo de alguna comida de trabajo, refunfuñando porque el socio de turno no compartía su visión arquitectónica del proyecto: «¡Quieren recortar gastos! ¡Están prostituyendo mis ideas!», decía haciendo aspavientos. Esperábamos siempre en la puerta de la coctelería a que llegasen Fernando o David (propietarios del local), éramos tan habituales que ya no hacía falta decirles nada, ella un *gin fizz* y yo un *old fashioned*. Devorábamos los aperitivos al son de Sinatra. Su chica, que ya no era su chica, había introducido a Maite en el mundo de la terapia, «¿Pero tú por qué vas? Supongo que por curiosidad, ¿no?», le pregunté intuyendo una *bou-*

tade. «Pues por exactamente la misma razón que Lewis Carroll, para imaginar cómo se veía la luz de una vela cuando está apagada» (¡ajá!, Maite y sus citas). Sus destellos de altivez intelectual no eran más que una pose, un escudo para proteger quién sabe qué, eso lo intuíamos los dos. Pero no lo verbalizábamos. Al ratito venía el corazón envuelto en un ramalazo de honestidad: «Me está ayudando a saber por qué me pasan cosas por la cabeza que no entiendo, a saber por qué tengo miedo, por qué me enfado cuando no debo, por qué duermo mal cada noche pese al diazepam y las copas de más, por qué tras cada conversación con mi madre estoy dos horas llorando en el sofá, acurrucada como una niña chica».

—¿Es caro?

—Todo es caro, pero es más cara la tristeza.

—Seguro que alguien dijo alguna vez algo guay en torno a la tristeza, ¿a que sí?

—Pide otra ronda, anda, terminamos esta y vuelvo al *showroom*, que tengo evento esta tarde.

Hablábamos hasta que yo volvía a mi hotel, tambaleándome pero feliz. Sonaba la música en los AirPods al ritmo de esta ciudad imposible que siempre cobija ajetreo y perdición, pasear esta ciudad es entenderla —y por lo tanto amarla—, tiene razón Elvira Lindo: «Las ciudades donde no se anda se mueren de pena. [...] Madrid, los muchos Madriles que cada uno representa, sabe ir por la calle con mucho arte y no ha perdido esa capacidad mundana, popular y callejera con la que brujuleaban de un lugar a otro los personajes de Galdós o los de Valle Inclán. Cada cual lleva consigo su novela, decía Galdós. Cada uno, diría yo, lleva consigo su Madrid». Madrid sigue siendo, en el fondo, un poblachón manchego. Su «¿Por qué tengo miedo?» se hizo alto en mi habitación sin cuadros. El miércoles siguiente comimos en Angelita, un restaurante con vinos naturales que además es coctelería y está a tres pasos de Del Diego, un plan sin fisuras. «¿Me cuentas un poco más sobre la terapia?»

—Te lo estás pensando, ¿verdad?

—Sí, por qué no probar. Tras los análisis en la Quirón, tu colega el pavo real y los libros de autoayuda que nunca me leeré, ya no se me ocurren muchas más opciones.

—Esto es diferente, te adelanto. Piénsalo bien.

—Voy a probar, Maite, además le leí a un filosofó hindú experto en pansexualidad una cosa muy cierta: «Más cara es la tristeza».

—Capullo.

Maite me explicó con detalle las diferencias entre terapia conductual y psicoterapia.

—Toma nota porque es importante: la terapia conductual o Gestalt —¿por qué sabe tantas cosas esta mujer?, ¿de dónde saca el tiempo?— se basa en objetivos, metas y técnicas muy prácticas: un poco como las instrucciones de una lavadora.

—Suena bien, ¿no? Yo soy la lavadora que no lava y necesito instrucciones; compro.

—No, no, espera; al conductismo le interesa solamente lo observable. Nació con ese afán, el afán científico de controlar y matematizar solamente lo concreto pasando por encima de que la conducta es consecuencia de un sistema emocional que es el que está al mando de todo. No le interesan al conductismo las causas ni el origen de lo sintomático, que es donde se sitúa la psicoterapia psicoanalítica, que busca sin juzgar, sin intrusismo. Llevar al individuo a una autonomía completa a través del conocimiento de su ser y de sus propias herramientas para resolver cuanto conflicto le aflige.

—A mí no me engañas, tú estudiaste esta movida, ¿a qué sí? —Maite nunca nos dijo qué había estudiado.

—No digas tonterías y atiende: la psicoterapia psicoanalítica, sin embargo, busca resolver los problemas de las personas teniendo en cuenta su mundo interior. Es importantísimo rascar en el pasado de las personas y ver cómo ese pasado ha influido en la situación actual, en las formas de actuar y pensar.

—¿Y mis instrucciones? —pensé en voz alta.

—Tendrás que encontrarlas tú.

No parecía el camino más fácil, pero ya no me quedaban caminos que andar ni tenía ningunas malditas ganas de volver a los impulsos eléctricos a través de agujas finísimas agujereando mi cuerpo. Le pedí los datos de su terapeuta, Carmen, pero no tenía huecos y además vivía en Chamberí, exactamente a 367 kilómetros de mi casa, quizá lo mejor (tenía razón Maite) era alguien en València, mejor empezar con sesiones presenciales. Como a veces las cosas salen solas, Carmen ya le había facilitado el contacto

de un psicoanalista que vivía en un pueblo cercano.
Se llamaba Zaid.

—Ya sabías que esto iba a pasar, ¿verdad?

Maite no respondió, tan solo sonrió.

Ellas siempre ven.

16

El primer acercamiento a la psicoterapia con Zaid fue una llamada telefónica, yo estaba en la cama sentado como un indio, sonaba de fondo Zahara (*La Gracia*, de su disco *Santa*), justo terminaba de mandar una pieza editorial en torno a un hotel maravilloso en San Sebastián desde donde veía el Cantábrico cada amanecer y escuchaba graznar a las gaviotas sobre el puente de Santa Catalina. El director de la revista que publicó aquel artículo me dijo que fue uno de los mejores textos que le había enviado nunca; qué paradoja, porque en realidad yo no fui feliz en aquel viaje, ya no podía serlo. Nunca. De vez en cuando seguía tomando las pastillas del pavo real, pero como quien le reza a san Pancracio: sin ninguna fe verdadera.

Yo imaginaba una conversación rápida, logística, indolora: pero qué va. Estuvimos una hora hablando; pista: prepara un buen rato para esa primera charla, de la que no recuerdo absolutamente nada. Pero nada es nada. Nos veríamos a partir de la semana siguiente. «¿Tengo que llevar algo?» Zaid se rio —una risa asilvestrada, una carcajada anchísima que nacía desde las entrañas—. Es que hay personas que se ríen solo con la boca y personas que se ríen con todo el cuerpo, desde las vísceras hasta las pestañas. Mi madre se ríe así. Zaid también. «No, no hace falta que traigas nada. Y no te preocupes, ya has hecho lo más difícil: dar el primer paso.»

Mi primera sesión de terapia fue un lunes de septiembre de 2015, eran las siete de la mañana, hacía un frío de pelotas, era de noche y yo estaba acojonado. La consulta estaba, precisamente, frente a uno de mis edificios favoritos de la ciudad, el mercado de Colón, una joya modernista que no apetece visitar mucho durante el día pero a esta hora luce imponente: los primeros rayos de sol cruzan las vidrieras que dan a Conde Salvatierra, vecinos que salen de su patios a pasear a sus perros, algún extraviado (los reconozco, cómo no los voy a reconocer) que vuelve a casa tras una noche de farra, las calles se desperezan, el mundo nace.

Como era tan temprano, habíamos quedado en que yo le avisaba por WhatsApp —«Estoy aquí»— y él me abría la puerta de abajo, lo que le daba a la escena un carácter todavía más surrealista. No es que me hiciera falta, la verdad. Era inevitable preguntarme a cada paso (un tercer piso, sin ascensor): «¿Qué narices estoy haciendo? ¿Por qué no me vuelvo a mi casa, me meto en mi cama calentita y sigo con mis viajes, con mis artículos y con mi vida?». «Segundo piso. Total ya estoy aquí, vamos a probar y si esto es una pérdida de tiempo, pues me invento cualquier excusa.» Era un maestro inventándome excusas. «Tercer piso. Todavía estoy a tiempo, piénsatelo bien, cuesta una pasta, vas a tener que mentirle, vas a tener que mentir a todo el mundo, Jaume pensará que estoy loco, ¿estoy tarado? De mi madre ni hablemos, imposible que ella lo entienda, imposible; mi hermana, obviamente, tampoco, trabaja en un hospital y allí a los locos los medican, ¿será lo siguiente?, ¿me espera Zaid con una camisa de fuerza y un palo de madera pa morder con los dientes?» Ya estaba frente a la puerta. «Pero quizá no me ha oído, todavía puedo volver, todavía...»

—¡Pero qué alegría! Pasa y siéntate donde quieras.

Zaid es de origen sirio pero nació en València. Su madre es francesa y su padre, Nayef, nació cerca de Malula, un pueblito excavado en roca árida cerca de Damasco, donde todavía se habla arameo. La rosa de Damasco (damascena) florece tan solo unos días al año y es el bien más preciado de todo Siria. Su aceite vale más que el oro. Zaid tiene el pelo revuelto como la crin de un caballo, la piel entre tostada y ámbar, huele a hogar, su voz es muy dulce —una voz antigua como el tiempo en un cuerpo joven, tendrá unos cuarenta años— y es quizá la persona que conozco que peor viste: camisetas de publicidad, franela de montañero, chanclas en invierno, un puto desastre. A veces va descalzo. Traté de no ser muy descortés y no hacer lo que yo hubiese hecho (que es lo que siempre deseo hacer cuando entro en una casa que no es la mía), que es escudriñar cada cajón, cada armario y cada libro, abrir su Spotify (dudo que tenga eso) para cotillear sus listas, la nevera de par en par y hasta las cajas de galletas. A lo único que llegué es a ojear una estantería con libros, había algún cómic. Lorca, flamenco, Borges. Ningún orden aparente.

—¿Me siento donde quiera?

—Donde quieras. ¿Quieres sentarte en el suelo?

—A ver, si lo digo por las pelis —en la salita destinada a la *sesión* había dos sofás y una especie de futón a media altura. En algunos artefactos audiovisuales veía al paciente en un diván (Woody Allen) pero en otros estaba sentado en un sofá (*Los Soprano*).

—Donde te dé la real gana.

—Aquí está bien. —No era casual, me gustaba tenerlo a mi izquierda, frente a nosotros una ventana y el cielo de la ciudad amaneciendo—. ¿Cómo funciona esto? —la pregunta iba con trampa, pero pronto me quedé sin trucos: ¿a quién trataba de engañar?

—Es todo lo fácil o lo difícil que tú quieres que sea: hablamos, me cuentas, te haré alguna pregunta, me contestas si quieres y si no quieres no; eres tú quien va a dirigir este viaje, yo solo corregiré el rumbo alguna vez, pero el viaje es tuyo.

—¿Y si un día no tengo nada que decir?

—Pues no dices nada.

—¿Y qué sentido tendría entonces? —Yo estaba pensando, claro, en mi billete de cincuenta pavos volando por la ventana, despreocupado como un colibrí.

—Esta hora es tuya y de nadie más, lo que cuentes aquí, aquí se quedará; este ratito es para ti, tu espacio seguro.

—¿No lo son todos?

—¿Lo son?

No, claro que no lo son, pensé que quizá era buena idea arrancar esta travesía con una de las razones por la que estaba allí, y una poderosísima tenía que ver con mi supuesto *espacio seguro*: mi casa (siempre con las persianas bajadas) ya no era un lugar seguro; a lo mejor por eso cada día pasaba menos tiempo en ella y me sumaba a cualquier viaje de prensa, a cualquier escapada con Jaume, a pasar cada vez más noches en mi hotel en Madrid, por eso los hoteles mutaron en mi embajada en cualquier parte, recuerdo que hacía mía una frase de Vázquez Montalbán: «Como fuera de casa en ningún sitio». En realidad me llenaba de pena no tener una. Mi casa era un quirófano. Tan solo sentía una cosa: frío.

—Descríbeme la sensación.

—Voy a intentarlo —le dije a Zaid, esta vez desde la sinceridad. Total, solo era una imagen, una sensación que de vez en cuando aparecía en mis sueños, nada que ver con las cosas que no tenía intención (en principio) de contar, mis noches oscuras, mis deseos más vidriosos, aquella vergüenza viscosa arañando siempre el hueso—. Pues a ver, en esa escena estoy de pie, no hay nadie más, inmóvil sobre un lago helado. A lo lejos y frente a mí veo lo que se intuye que es el pie de una montaña (¿mi acantilado?), a mi alrededor nada más que niebla; intento ver lo que hay en el horizonte pero no distingo más que bruma y hielo. En algún momento, escucho cómo alguna parte del lago helado comienza a resquebrajarse, un crujido leve, metálico, aterrador. No sé qué hacer ni hacia dónde dirigirme ni tampoco cómo regresar porque sencillamente estoy ahí, congelado y aterrorizado por si se resquebraja la superficie.

—¿Recuerdas calor en casa?

—Sí, recuerdo los paseos con mi padre cuando yo era un niño: los domingos por la mañana, las rutinas compartidas, la doble sesión en el cine, aquel mundo nuestro.

—¿Y entre tu padre y tu madre?

—Nada, al menos yo no recuerdo ningún gesto de amor, creo que se centraron completamente en nosotros.

—Lo que sientes en tu lago helado es miedo...

—Mucho miedo, pero no sé a qué, ni por qué, sé que no quiero estar ahí, supongo que quiero volver a casa, ¿pero cuál es mi casa?, ¿qué es mi casa?

De manera casi natural, ya en esa primera sesión hablamos de Lucía, de mi madre (de mi madre, ¿qué pintaba mi madre en todo esto?), de su infancia en el cortijo, de la muerte de su madre (mi abuela) cuando ella tenía tres años, de mi padre, de su huida, de su entierro, de mis dedos sobre el cemento fresco, de mi decisión tras su muerte: «no mirar», de mi acantilado, de mi palacio de invierno.

—Zaid, antes has dicho que este viaje lo gobernaría yo.

—Así ha de ser.

—Pero no tengo ni la más remota idea de hacia dónde debo ir, ni cómo.

—Iremos viendo.

—¿No me puedes dar un mapa o algo así?

—Mejor que eso: construiremos juntos una brújula, mejor una brújula que un mapa.

—¿En la siguiente sesión?

—No tengas prisa, la prisa mata.

Me hizo gracia, «Prisa mata» es uno de los mantras de Martín, creo que hasta se hizo una camiseta con el eslogan. Le pregunté cómo íbamos a funcionar a partir de este punto: «Tres días a la semana» (¿tres días?) todas las semanas. Que lo dejase cuando quisiera, pero que la clave de esta travesía iba a ser sin duda el compromiso. El mío. Que al principio todo iba a ser fácil (con la curiosidad al mando) y casi como una aventura, pero que luego llegaría «el muro» —como el muro al que se enfrentan los maratonianos llegado el kilómetro treinta, la cabeza (porque es la cabeza, no las piernas) dice basta, no puedes más, vuélvete a casa, retírate a tiempo—. El muro en terapia es enfrentarte al dilema de abrir cajones que no quieres abrir, que ni siquiera sabías que existían. Que intuyes llenos de dolor. Muchos pacientes lo dejan ahí. «Volveré en un tiempo», le dicen. Pero no vuelven porque hay habitaciones que ni siquiera intuimos que habitan nuestro mundo interior, buhardillas con telarañas, sótanos cerrados a cal y canto donde laten carencias, miedos, vidas que nunca fueron.

Notas de la sesión: «Miedo, huida (conectada con el deseo), inaccesibilidad, me siento un polizonte en mi vida, "necesito descansar", mi padre no era un luchador, internado, un viaje en tren, pérdida».

Salí de allí con una sensación nueva; estaba exhausto, roto, entusiasmado.

Pero una cosa sí tenía clara: tenía que volver a esa habitación.

17

Dice un buen amigo, Ignacio Peyró, a quien conocí
en algún encuentro literario (una imagen: bebiendo
armañac mientras escapábamos de una charla en
torno a *jóvenes poetas*, comimos perdiz a la prensa y a
lo mejor demasiados quesos), que «casi siempre es
mejor la convención que la revolución», y como
pienso exactamente lo mismo era obvio que el miércoles siguiente comería con Maite y hablaríamos de
mi sesión con Zaid, pero no. Sencillamente me preguntó: «¿Seguirás?». «Ya sabes tú que sí, quiero ver
qué pasa con esos cajones cerrados.» No hablamos
más del tema, quería contarme todos los detalles de
una exposición que estaba organizando, quería que la
ayudase con la narrativa de un monográfico sobre
la artista Georgia O'Keeffe; es que Maite a veces
me pedía textos para sus proyectos expositivos, los
típicos textos impresos sobre la pared de un museo
para dar contexto al visitante, o también una pieza
editorial, ya con mi firma, para el libro que habitualmente editan junto a la muestra. O'Keeffe me encan-
taba, por sus lienzos y por su historia de amor, tan
literaria. Su marido, el fotógrafo Alfred Stieglitz, la

retrató durante veinte años, tanto en Nueva York como en su retiro de Santa Fe, más de trescientas fotografías en las que nada existía más que ella: «Siempre que haya luz, la puedo fotografiar». Me abrumaba ese amor infinito. Le dije que sí pero mi cabeza ya no estaba en eso. El lunes me presenté de nuevo en aquel patio burgués de Conde Salvatierra, a las siete en punto, la hora de mi sesión.

—¿Por dónde quieres empezar?

—Hoy he soñado con mi padre.

—¿Recuerdas tus sueños?

—Nunca, casi nunca, se esfuman casi con el primer café...

—Estaría bien que los apuntaras en una libreta, los sueños son interpretaciones salvajes: absolutamente libres, sin las cortapisas de la conciencia, y tremendamente cargadas de simbolismos.

—En mis sueños mi padre todavía vive.

—A lo mejor es que todavía no lo has enterrado.

—No te conté todo sobre el lago helado y lo que siento allí.

—Me contaste lo que necesitabas contar —me deslizó con media sonrisa Zaid.

Tenía el pelo mojado, recogido en una coleta, parecía un indio perdido en la ciudad. Pulseras de colores, casi siempre con una infusión al lado, el dorso de la mano siempre con notas, fechas y horas, haikus ininteligibles. En la mesa de centro había una caja de pañuelos Bosque Verde, imaginaba que como sofoco para pacientes derrumbándose. Bajo la caja, un puñado de hojas sueltas, garabatos, ilustraciones sin sentido aparente. Yo siempre le preguntaba que por qué narices no había una cafetera allí: «Tráela, hay sitio». Y sonreía.

—¿Qué crees que simboliza el lago? —me preguntó.

—¿Es un juego, Zaid?

—Venga, pero si te encanta jugar...

—¿La casa de mis padres? ¿Su relación congelada?

—O sea, que el lago no es nada tuyo, estás ahí inmóvil por culpa de tus padres, que ni se querían ni te lo demostraban.

—Yo no soy frío.

—¿No?

—Mi madre es fría. Precisamente hoy he leído una cosa en una entrevista de un autor que me gusta mucho, Kiko Amat, a James Rhodes. El pianista habla de cómo es el amor de un padre a su hijo, un «amor de bomba atómica»: «Cuando te das cuenta de que te lanzarías bajo las ruedas de un autobús sin pensarlo dos veces, solo para salvarle». Me duele leer algo así. Me duele mucho.

—Estás escondiéndote, estás proyectando.

—¿Proyectando?

—Proyectar es un mecanismo defensivo. Es cuando una persona coloca fuera lo que vive intensamente dentro. Lo que colocamos fuera no podemos reconocerlo en nosotros mismos, y cuanto más intensa es la emoción más difícil es reconocer que estamos viviendo una proyección.

—Ponme un ejemplo.

—«Mi mujer no es la que conocí.» Puede que ella no sea la misma pero es que yo tampoco lo soy y no quiero aceptarlo; no es que no la acepte a ella, el verdadero conflicto está en no aceptarme a mí mismo en ese cambio que no puedo reconocer. Proyectar es sacarlo fuera y depositarlo en ella.

—Entonces el lago...

Pensé en la piel fría de mi padre en el velatorio antes de su entierro, en el mármol de la lápida, en los «te quiero» que tanto me cuesta expresar a mi madre, en mi frialdad con Lucía, en los años tibios, las noches con las persianas bajas, en mi terraza sin plantas, el salón sin fotografías, la nevera sin alimentos, los sofás sin rasguños, en mi casa sin vida. Un quirófano, un páramo. Yo soy el lago helado, soy yo quien está muerto, una parte mía se quedó allí enterrada junto a mi padre en aquel féretro. Elegí no mirar para no sufrir. Fue mi decisión. Si no miras no duele, no hay cicatriz porque no hay herida, quizá hasta lo olvides para siempre y lo borres de la memoria.

—¿Pero qué sentido tiene? ¿Fallecí junto a mi padre?

—Una parte tuya sí, emocionalmente sí.

—¿Pero por qué?

—Un padre y su hijo son un espejo. Morir junto a él y negarte a enterrarlo es un acto de amor supremo: «Tú mueres, yo contigo».

—Quiero volver a casa.

—¿Con qué derriten el hielo los personajes de tus videojuegos?

Con un «amor de bomba atómica», el calor es la única manera de combatir el frío, y mi casa, claro, no es un lugar ni un domicilio postal ni un montón de muebles bonitos: es ese amor capaz de derretir el hielo, un jardín en verano, dejar que el dolor te rompa el pecho, entender que no hay júbilo sin tristeza, abrazar el abismo de la pérdida, quemarte por culpa de tanto querer, dejar que duela la memoria, sentirte a veces abandonado, sufrir —porque estás vivo—. Mi casa es la lumbre. Pero para amar hay que sentir y yo estaba yermo.

—¿Estoy deprimido?

—La depresión no es un destino, es un camino, cada vez que pasas tiempo en tu acantilado estás andándolo.

—Allí estoy bien.

—Claro, allí puedes *no ser*, no sentir, desconectar el dolor.

—Pero si desconecto el dolor también excluyo la otra parte del sentir: el amor.

—Así es.

—Si yo soy el lago helado, también soy yo el que se está resquebrajando.

—Por eso viniste.

—Entonces no tiene por qué ser algo malo.

—Todo lo contrario, ese hielo que se agrieta y que te aterra es una parte tuya pidiendo socorro, queriendo volver a casa: ya estás andando.

Notas de la sesión: «Yo morí cuando él murió. Estoy en un laberinto, de vuelta en casa, encerrado entre pasillos de hielo. Si amo me muero. Sueño con una casa que se cae a pedazos. Su muerte arrasó con todo lo anterior, plantó el miedo al amor; y sobre ese miedo empezó la huida y la conquista, para no sufrir (ni amar). El miedo como motor de la ambición».

Una sesión siguió a otra sesión y otra a la siguiente. Tres días a la semana, con frío, con lluvia, con ganas y sin ganas, de resaca y con angustia, con júbilo y con agotamiento. A veces, en alguna sesión, sucedía una *revelación*, que no es nada épico pero sí emocionante: una revelación es abrir un cajón, conectar los puntos, colocar en el lugar exacto una pieza fundamental del puzle de tu pasado. Y de repente: bum. Entiendes. Es como en *Matrix*, cuando Neo de repente *ve*, y lo que antes era el mundo falso ahora es consciencia. Ahora lo sabes, ahora *ves*. Cada revelación es una conquista, una zona del mapa que antes estaba en penumbra y por la que ahora puedes andar; tu vida entonces se ensancha, tu memoria es arcilla. En *The Legend of Zelda*, el videojuego, pasa lo mismo: empiezas con un mapa minúsculo, en tu pequeño poblado, y según avanzas vas alumbrando zonas nuevas que recorrer: montañas nevadas, bosques frondosos, ciudades habitadas, lagos bellísimos. Esa es parte de la gracia del juego: descubrir ese mundo, alumbrar el mapa. La terapia es lo mismo, con un matiz: no sabemos que hay zonas en penumbra. Nos pasamos la vida viviendo en nuestro mundo chico.

A veces en terapia pasaban las horas sin que ocurriera nada, conversaciones tontas, lugares comunes, Zaid me preguntaba qué había hecho esa semana. Eso me molestaba porque sentía que estaba perdiendo el tiempo y el dinero. Pero volvía. Quería entender. No dejé un tema sin tratar, uno tras otro, todos a la fragua: mi vínculo con Ricardo o Jaume, los porqués tras los silencios de Maite —su vulnerabilidad cobijada tras un muro de piedra—, la cotidianidad de mis artículos, mis planes y mis viajes, mis enfados sin venir a cuento, mis sofás cubiertos por el temor a un rasguño, mi terror a las cicatrices, mi ambición, mi frialdad, mi egoísmo. Una sesión tras otra. Pasaron las semanas, las horas y los minutos en aquella consulta sin cuadros, de paredes blancas y muebles vulgares, siempre sentado en mi sofá frente a la ventana que daba al mercado. Falté algún día, consecuencia de noches abatido, entregado de nuevo a la oscuridad. A veces le dije la verdad, otras no. Y un día, de repente, cuando crucé la puerta del patio de la psicoterapia ya era de día. La primavera había sucedido al invierno. Habían pasado seis meses.

Uno imagina que cuando la vida se desmorona todo se cae después de un gran bum, pero qué va. El cataclismo no es como un castillo de naipes ni como uno de esos edificios de las películas que se cae (es hasta bonita la imagen) gracias a un buen puñado de explosivos cuidadosamente colocados en los cimientos. El protagonista pulsa un botón rojo desde una distancia prudencial y la mole de cemento desaparece sin dejar más rastro que partículas, óxido y una nube de polvo que se esfumará en tan solo unos minutos. Imagino a las gaviotas volando, cubiertas de orín y pasado. Yo pensaba que mi demolición sería así (¡bum!) pero no: estaba siendo lenta, correosa, invisible, indetectable para quien no sabe ver. Casi nunca vemos nada.

Con la reconstrucción pasa igual, sanar es escalar una montaña.

La prisa mata.

18

Casi sin quererlo, como agua de manantial que talla una roca, las conversaciones con Ricardo o Jaume se fueron salpicando de otras notas, de otros matices. Y los sentimientos, primero tímidamente y luego cada vez más pegados a la piel, fueron ocupando minutos, espacio, calles, planetas. Seguíamos hablando de nuestras cosas de siempre, pero de vez en cuando se colaba un «¿Y eso cómo te hace sentir?» seguido de un silencio calmo, preguntas sencillas pero que, formuladas desde el corazón, cambiaron nuestra manera de relacionarnos.

Hay un libro de Ray Loriga titulado *Ya sólo habla de amor* que resume bien aquel cambio de timón: «Todo lo que Sebastián había sido en realidad, sucedió hace muchísimo tiempo, y ahora, como bien dice su portera, se ha vuelto loco del todo y ya sólo habla de amor». Solo que en mi vida todo estaba por suceder y tenía el presentimiento de que los locos eran los otros, todas esas personas que podían pasarse horas y horas hablando na más que de éxitos profesionales, el precio del alquiler, las malas decisiones del gobierno de turno, el partido del Real Madrid, los vaivenes del mercado, los cambios de dirección en las revistas para las que colaboraban, el nuevo perfume de Frédéric Malle, la última de Paolo Sorrentino, la serie de moda o el final de *Mad Men*; todo aquello empezó a aburrirme, o al menos a ocupar un lugar diferente en mis desvelos. Esas no eran las cosas importantes. Aquel viejo mantra de Marcel Proust del que tanto presumía en mis viajes y mis artículos, «El único verdadero viaje de descubrimiento consiste no en buscar nuevos paisajes, sino en mirar con nuevos ojos», también se hizo árbol en mi páramo. Incluso los propios viajes cambiaron, ahora estaba dispuesto a que la lluvia me mojase y a dejarme cambiar por los lugares, a tener frío en invierno y calor en verano, me fijaba un poco más en la inmensidad de las cosas pequeñas: un poema de Pessoa garabateado en una pared de Lisboa en una calle perdida del barrio de Alfama, la sonrisa de Joan Carles Ibáñez en el restaurante Lasarte de Barcelona o los abrazos, larguísimos, de Jose en el bar Rausell, el tacto de los libros viejos en la librería Gallimard en París, frente al boulevard Raspail, permanecer inmóvil frente a la corriente del río Garona en Burdeos y los atardeceres rojos junto a Martín en La Caleta. Lo importante ahora era comprender, dejarme avasallar, el tiempo cotidiano, sentir como un tajo cada cosa.

Claro que me seguía interesando cada nuevo proyecto arquitectónico en el que trabajaba Jaume, pero infinitamente menos que la emoción ingobernable de cuando me dijo, en una carta llena de ternura, que volvería a ser padre. Por supuesto que me interesaba cada nuevo libro editado por Ricardo, con tanto mimo, pero mucho menos que nuestras conversaciones (cada vez más habituales) de cómo era su padre, cómo llevaba su pérdida, de sus cosas con él, de qué pensaba hacer con todo aquel dolor. Con Maite era diferente: ella llevaba tiempo en terapia (ella *veía* y escuchaba) pero un muro de piedra que nunca supe leer gobernaba sus defensas, como en los castillos medievales, donde un foso con aguas turbias protegía y aislaba el patio de armas, la herrería o los aposentos de la reina. Maite era una muñeca rusa, una capa tras otra capa tras otra capa. Volvimos a nuestra mesa en La Buena Vida como casi cada miércoles, ella estaba radiante tras unos días en Mallorca —Maite colaboraba con la fundación de Miró en Son Abrines, ubicada en la que fue la residencia privada de Pilar y Joan.

Aquel miércoles ella pidió, asesorada como siempre por Elisa, un arroz con torcaz y yo un rodaballo salvaje; estábamos como siempre en la mesa que da a la ventana. Esquivó, como habitualmente hacía, mi «¿Cómo estás, Maite?» —media sonrisa y a otra cosa—: «El miércoles que viene comemos como siempre pero haz noche en Madrid, anda, a media tarde se unirá a Del Diego una amiga ilustradora, me está ayudando con la exposición sobre O'Keeffe, se llama Eva».

—No me has contestado. ¿Cómo estás? ¿Has vuelto a hablar con ella?

—Sí te he contestado, no contestar es contestar, ya sabes lo que decía Calvo Serraller: «Lo visible no es lo que vemos, es lo que podemos ver».

—Eres insoportable.

—Insoportable pero con un planazo, ¿cómo llevas tu texto sobre Georgia?

La exposición iba a ser cerquita de su casa, en una de las galerías que pueblan Conde de Aranda, la manzana del arte de Madrid, a pocos metros del Retiro y de Alfredo's Barbacoa, donde tantas hamburguesas cayeron con Ricardo. *Lo mío* era una pieza para contar un poco quién era Georgia y por qué fue importante, me alegró (la verdad) el encargo. O'Keeffe era una de las integrantes de la galería 291 de Nueva York (se llamó así porque ocupaba el número 291 de la Quinta Avenida), local que se convirtió en el foco de la vanguardia artística europea a partir de 1908. Por allí, gracias a Stieglitz, pasaron obras de Rodin, Cézanne, Picasso o Matisse —y también de Georgia—. Su estilo remitía a una abstracción lírica tamizada por su (también) amor por la sinestesia: flores, cielo, montañas, calaveras y huesos mutaban en lienzos donde estallaba la vida a través de sus colores. Ella veía el arte como un diálogo y en ese diálogo el color era su verbo. Su mesa de trabajo, en el estudio de su Rancho de los Burros en el Ghost Ranch de Santa Fe, era un bellísimo caos creativo bajo unos ventanales inmensos desde donde podía ver llover el sol cada tarde; sobre la mesa pinceles planos y de lengua de gato, brochas, una guillotina, carboncillos, tinta negra Higgins, cubiletes de latón y cristal, pigmentos en polvo, tizas, piedras y huesos del desierto de Nuevo México que recogía ella misma tras cada paseo. Guantes, vasos de cerámica para el agua, disolventes y una paleta más bien corta de tubos de óleo de Winsor & Newton: ocres, amarillos, zinc, tostados y granas. Estar frente a una obra suya es más parecido a estar frente a un lago que frente a un paño enmarcado.

Murió a los noventa y ocho años, sus cenizas se esparcieron sobre el desierto, bajo un sol abrasador.

19

Los proyectos artísticos de Maite seguían siempre un patrón similar: ella coordinaba como galerista una exposición cuya temática a veces le venía dada y otras tantas eran propuestas suyas, cada vez era más habitual lo segundo. En esas colaboraciones a veces pedía ayuda a diferentes perfiles, amigos y amigas suyos que yo casi nunca conocía más que de oídas. Es que Maite tiene el talento de atraer talento como la miel a las moscas, eso también me lo enseñó ella, «rodéate de gente más lista que tú y déjalos hacer», a saber quién lo había dicho. Esa parte del trabajo previo a que la exposición estuviese abierta al público a veces se traducía en años de curro: investigación sobre el artista y su contexto histórico, cartelería de la época, preparar la tesis expositiva que sería la base de la muestra, entrevistas con conservadores, guías didácticas, bibliografía epistolar (muchas veces las cartas de un artista dicen tanto de su obra como su propia obra) y cientos de imágenes en discos duros. Me fascinaban las bambalinas tras el lienzo. La arquitectura tras la emoción. Cuando la muestra estaba ya lista se celebraba un evento de inauguración al que venía gente del sector editorial, prensa, el autor o autora (si estaban vivos, claro), amigos de la galería, esas cosas. Un par de horas de socialización, copas de Larmandier-Bernier, a veces me liaba para participar en alguna charla, era divertido.

La exposición sobre O'Keeffe se inauguraría tras el verano, quedaban meses aún de trabajo. Además de estas piezas en torno al relato expositivo para Maite y los artículos para mis colaboraciones editoriales, comencé a escribir (al son de la montaña que estaba escalando tres días a la semana cada vez que hablaba con Zaid) un diario con textos más íntimos, notas de las sesiones de terapia, las sombras de mi vida, pero también la luz. También la belleza. Me calmaba trasladar aquel tormento, cada día menos sombrío, a negro sobre blanco. En ese momento entendí que escribir es alumbrar, prender la candela, nadar muy hondo —empezando por uno mismo—; mirar allá abajo. Hundirme en esas aguas entre el azul índigo y el negro azabache donde casi no hay oxígeno. Pero es que ahí también soy, es desde ahí desde donde puedo ver los primeros rayos de sol anunciando el vasto cielo. Y subir.

Cuando conocí a Eva iba pegada a una maleta (llena de pegatinas) que nos guardó Fernando en la cocina de Del Diego. Vestía un *trench* color crema, un pantalón de algodón blanco roto, zapatillas claras, una camisa blanca con un pañuelo de seda anudado al cuello —«Es de mi abuela»—. El pañuelo tenía motivos dorados, verde bosque, anclas, nudos, áncoras, flores de lis. En su pelo, más o menos a la altura de la mandíbula, se colaban rayos de sol, atardeceres ocres, topacio y misterio. De su cuello colgaba un collar con un diamante engarzado. Verla andar fue suscribir cada palabra de lo que ya me había adelantado Maite: «Parece que anda dos pasos por encima del suelo». Observaba muy fijamente las cosas, la barbilla alta, cierto aire ajeno al tiempo. Parecía un personaje de alguna novela de Scott Fitzgerald pero también una emperatriz de un reino lejano, a veces Nausicaä, a veces Sylvia Plath. Parecía que cobijara en su piel a todas las mujeres que fueron y todas las que serían. Imposible no mirarla.

20

Cenamos ese viernes en la terraza de Sacha, Eva vivía entre Madrid y Mallorca, compaginaba (como yo) proyectos aquí y allá. De vez en cuando ayudaba a Maite con sus exposiciones, a veces aportando alguna de sus propias obras, a veces en todo el proceso museístico de coordinación, ayudándola en su labor de comisariado externo: documentación pura y dura, entrevistar a artistas emergentes, organizar exhibiciones y charlas para coleccionistas, relaciones con los medios, cursos, asesorías, qué sé yo. ¿Cómo y cuándo debió de conocer a Maite? Quizá en ARCO o en la Biennale di Venezia. A lo largo de la cena hablamos de su trabajo y el mío pero también de las calas en Canyamel, de las perseidas (la lluvia de estrellas fugaces de San Lorenzo, que llenan de luz y partículas casi invisibles algunas noches de verano), de *La grande bellezza*, de mi padre, de su infancia, de Madrid, perfumes sin nombre, calles con flores. En algún momento de la cena puso su mano sobre mi brazo. Nos besamos aquella noche. Ya la primavera se despedía, pero yo no me hubiese ido nunca.

Empezamos a vernos más habitualmente con la

naturalidad de las cosas que suceden sin fricción, que sencillamente son. Es verdad aquello que siempre decía Jaume: «Todo lo que no es señal es ruido»; es que si quitas de cada conversación (o de cada relación) el artificio y las segundas intenciones, la máscara y las dobleces, tan solo queda la música. Con Eva todo era señal. Nos veíamos entre semana en alguna cafetería cercana al Retiro, donde hablábamos de la exhibición para Maite, y el fin de semana nos esperaba alguna ciudad para verla con sus ojos. Enamorarse es ver el mundo con los ojos de otra persona. Cuando conocemos a alguien que intuimos que será especial nos sentimos atraídos por cómo piensa y por cómo es, pero es sin duda su mirada sobre el mundo lo que nos atrapa. Tú crees que es por su manera de andar, de moverse o de coger las cosas, que a lo mejor es por cada ángulo de su espalda o quizá por el dibujo que forma la clavícula —la intersección más bella del universo— entre su cuello y su hombro, pero qué va: es lo que ves a través de ella. Eva veía la realidad sin añadirle un ápice de amargura.

Recuerdo una conversación en un viaje a Barcelona. Estábamos cenando en Estimar, el pequeño restaurante del cocinero Rafa Zafra, a tres pasos de la iglesia gótica de Santa María del Mar, el pescado fresco que viene cada día desde el puerto de Roses y las cigalas, las espardeñas o la gamba roja sobre hielo en cajas en la barra, como en una pescadería de barrio, y las mesas juntísimas, al son de unas bulerías como en una taberna antigua. Eva llevaba un vestido de flores verdes, cintura ajustada y falda de vuelo con unas sandalias. Un pequeño bolso de mano color burdeos, siempre llevaba bolsos pequeños. Andaba como si el mundo fuese un lugar bonito.

—¿Cuál es el primer recuerdo que tienes de tu madre? —le pregunté tras las salazones.

—Recuerdo estar en el agua, donde cubre, estábamos pasando unos días de verano en la costa; mi madre me tenía cogida en brazos y yo apoyaba la cabeza sobre su hombro izquierdo.

—¿Qué edad tenías?

—Unos dos años.

—¿Y te acuerdas?

—Recuerdo sensaciones: todo olía a salitre y a ella, recuerdo su pelo mojado, los sonidos de la playa quedaban lejos porque sentía una calma infinita; recuerdo también la piel caliente por culpa del sol, el agua sobre los hombros.

—El olor a mar se llama maresía.

—Es precioso.

—A lo mejor por culpa de aquel baño amas tanto el mar.

—A lo mejor.

Lo dijo con una sonrisa que parecía un trazo sobre un lienzo. Cuando Eva sonríe las calles se llenan de hierba fresca, el tiempo se detiene, nacen galaxias, estallan los relojes. Con ella decidí (tampoco me pedía el cuerpo hacer otra cosa) no guardarme nada dentro, pa qué. Decidí expresar cada sentir, no callarme nunca nada, decirle lo que sentía si es que lo sentía, no dejarme llevar ya nunca más por estrategias, esa partida de ajedrez imaginaria que tienen siempre dos personas cuando se encuentran, el típico juego de *coger distancia*, a ver quién contesta antes, que no parezca que me gusta —me cansaba ya todo aquello—. Ella volvió a Madrid y yo a mi casa en la playa, Maite ya nos había dicho que la inauguración de la exposición sería a finales de septiembre. El lunes por la mañana, nada más regresar de ese fin de semana, le escribí este email:

Hola, Eva:

Qué 20 horas (fueron 20, quizá alguna menos) tan memorables.

Este no es un email para pedir nada, soy bastante más protocolario para eso ;), solo para decirte lo inmensamente felices que fueron cada uno de esos minutos contigo.

No sé en qué acabará esto, ni qué hay detrás de este camino y estas horas; veremos. Pero sí sé que se me ha hecho evidente una poderosa verdad que no puedo negar. Eres la única chica del mundo que quiero ver. Las cosas que pienso son contigo y las sorpresas que tengo en mente son para ti.

Quizá yo solo sea (como hemos dicho) un amor de primavera, pero este amor de primavera (si es lo que dura) no tiene intención de disimular ni andarse con ambigüedades. No quiero que pienses que esta carta exige una respuesta, no es así. Ya habrá tiempo para eso. Pero te lo quería decir, porque es bonito. Y porque es verdad.

Pasa un feliz lunes ;)

Una semana sucedió a la otra, la cadencia de los días se hizo melodía, la pesadez de mis cosas se tornó en ingravidez y se hizo alto ese cantar oculto que a veces no vemos. Como cuando tus AirPods dejan de funcionar por un lado, pero de repente vuelven a funcionar bien y escuchas la música de nuevo por los dos auriculares y (ya sí) escuchas la música en toda su inmensidad. O'Keeffe dejó de interesarme, mis artículos sobre viajes dejaron de interesarme, mi diario dejó de interesarme, tan solo quería volver a estar con ella. Una noche más. Cómo es la atracción gravitacional entre dos personas: el resto del mundo desaparece. ¿Es culpa de la piel? ¿De su olor? Eva huele a sábanas de algodón, a tierra limpia, a la humedad de la mañana, a flores silvestres, a la lluvia cuando cesa. Huele a hogar.

Cuando hablaba con ella sentía lo mismo que en aquella viñeta de *Píldoras azules* (el cómic de Frederik Peeters) en la que los dos protagonistas, Frederik y Cati, se conocen en una fiesta y se sientan a hablar en un sofá, comparten un cigarrillo y «durante unos minutos, toda la gente presente se volvió invisible y muda». En la siguiente escena, pura sinestesia gráfica (e historia del cómic, también), vuelven a aparecer los dos en el mismo sofá de dos plazas, pero esta vez vemos el sofá en algún lugar en mitad del océano, las olas los mecen al son de sus confidencias, ellos siguen hablando ajenos al mundo.

Es que no existe ya.

21

Aquel verano volví a Cádiz con Martín y ella se fue con su familia unas semanas a su isla, veraneaban siempre en Port de Pollença. Hablábamos todos los días, yo me sentía vivísimo (aquel sentir avasallador me despojaba por completo de sombras y dudas) pero también preocupado: desnudo y frágil. Zaid me contó en alguna sesión que cuando tú cambias, tu entorno se transforma. ¿Eva era una consecuencia o un accidente? Si era lo segundo, yo volvería a mi palacio de invierno. Me aterraba esa senda. Supongo que rondaba mi cabeza un sentir no tan diferente al que expresó Carmen Martín Gaite en *Lo raro es vivir*: «Desde que el mundo es mundo, vivir y morir vienen siendo la cara y la cruz de la misma moneda echada al aire, pero si sale cara es todavía más absurdo. Para mí, si quieren que les diga la verdad, lo raro es vivir». Lo raro era vivir.

A la vuelta del sur pasé unos días con Jaume, nos fuimos de ruta (como siempre hacíamos) por los campos de la serranía de Sigüenza, él tenía allí una pequeña casa para —de tanto en tanto— desconectar de sus proyectos en Madrid y yo creo que también de su agotador sentido de la perfección. Él lo llamaba su *refugio* y eran solo dos habitaciones, paredes de piedra, sofás restaurados, un tocadiscos y unos altavoces de madera Bang & Olufsen de los años setenta, un horno antiguo donde preparar platos sencillos. Desde allí podía ver cómo atardecía en el valle cada día. Solíamos comer en el parador y dábamos un paseo por la catedral de Santa María antes de volver al coche, luego conducíamos durante horas a través de carreteras secundarias donde a cada lado ondeaban campos de girasoles, bellísimos en su sincronía matemática, tuvimos suerte porque es en agosto cuando la flor muestra su maduración total, su apogeo. En otoño se apagarán, cabizbajos, negando bajito al sol.

Kilómetros y kilómetros hasta que Jaume encontraba un terreno ideal para instalar su equipo de radio: hacía tiempo que había encontrado en la onda corta una afición surrealista para mí pero llena de sentido para él, por eso se había sacado la licencia de radioaficionado y coleccionaba equipos rarísimos, algunas joyas atemporales como la Braun T1000 de Dieter Rams o algo tan sencillo como un transistor Philips que había heredado de su abuelo. Jaume dotaba siempre de mucho valor emocional a los objetos. Cuando le acompañaba (casi siempre era algo que él hacía en soledad) yo me limitaba a ser su pinche de cocina: «Cava un agujero en la tierra para esta antena», «Enrolla estos cables», «Sujeta con muchísimo cuidado este transceptor Icom IC-705». Instalar su equipo de radio era un ritual casi sagrado. Ejecutaba cada movimiento como un sacerdote prepara la eucaristía, con una determinación delicada, transmitiendo a cada movimiento un respeto extremo hacia los objetos que se están manipulando.

Cuando todo estaba listo, encendía el equipo y a esperar, en este universo de amor por la onda corta emitir es lanzar una piedra al mar y esperar respuesta.

—¿Cómo te puede gustar esto?

—Disfruto de la sensación de poder estar donde nadie me ve ni me oye, en una aldea cuasi abandonada, pero pudiendo hablar con alguien que está en otro continente.

—Creo que hay una cosa que se llama internet.

—No digas tonterías, no hay poesía en la red. Todo es fácil. Dependes de mil factores externos y nunca, nunca, tienes verdadera libertad.

—Mira, estoy pidiendo una pizza con mi móvil desde este poblacho, soy un hombre libre.

—No lo eres, necesitas datos y una batería, no te quedarán más de dos horas.

—Ha sido una buena idea entonces reservar en ese hotel donde tienen enchufes.

—La onda corta es independencia, autosuficiencia, saber que incluso aunque estés en el lugar más recóndito del planeta, puedes comunicarte con alguien con poquísimos elementos.

—Que son...

—Una emisora, una fuente de energía de cinco vatios (puede ser una manivela) y una antena, solo con eso ya puedes hablar con cualquier parte del mundo, escuchar cánticos en Jordania, hablar con otro radioaficionado que está emitiendo desde una estación remota en las Islas Malvinas solicitando contacto. Cuando eso pasa, respondo a la llamada con mi indicativo y si mi señal se recibe bien, iniciamos un intercambio. A menudo la emoción hace que me cueste seguir el protocolo de conversación. Estoy trasladando mi voz hasta la otra punta del globo, sin intermediarios, con la energía de una bombilla y un alambre. El logro técnico es asombroso y me embriaga cada vez que ocurre. Me da igual que me lo expliquen cien veces, para mí sigue siendo magia.

—¿Cómo viaja tu voz?

—Las ondas salen de la antena y rebotan en tierra, mar y cielo hasta llegar a un desconocido que contesta.

—¿Y no te sientes solo en estos lugares en mitad de la nada?

Antes de contestar señaló la pantalla iluminada del transceptor, se oía un leve carraspeo, Jaume sonreía: «No estoy solo».

—¿No tienes miedo a lo que viene? —le pregunté ya sin ambages por su casi inminente paternidad.

—No. No lo esperábamos, pero en realidad es una buena noticia, traerá bienestar a casa. —Jaume a veces hablaba así, como un caballero de las cruzadas.

—Yo estaría acojonado, la verdad.

—Ya sabes lo que dice el doctor Ian Malcolm: «La vida se abre camino».

En su determinación había ternura, a Jaume le costaba mucho hablar de su padre, ese era un cajón que siempre evitaba abrir y cuando lo hacía esquivaba el tema, siempre cortésmente. Como diciéndome: «Ya está». Por las piezas que pude ir juntando a lo largo de nuestras escapadas sé que estaba lejos, que ya no hablaban, que algo había pasado y los había separado para siempre. Seguimos escuchando el sonido de la onda corta, que se iba apagando, en mitad de una noche cada vez más cerrada.

Pensé en sus equipos de radio, emisores y receptores, en su obsesión por poder hablar con cualquier desconocido en cualquier parte del mundo con la energía de una bombilla y un alambre. Recordé lo que me dijo Zaid sobre las proyecciones, «lo que colocamos fuera no podemos reconocerlo en nosotros mismos». Sobre nosotros, estrellas en llamas sin ápice de contaminación lumínica y la constelación de la Osa Mayor alumbrando el camino de vuelta a casa. Antes de recoger todo el equipo de radio, la antena y los cables conectados a su Land Rover Discovery, me contó algo más sobre este mundo: «Cada una de esas líneas es un portal que va desde mi equipo de radio a otro lugar del mundo. Su apertura es esporádica, pero una vez que las he registrado, nunca terminan de cerrarse».

Su apertura es esporádica, pero una vez abiertas, nunca terminan de cerrarse. Pensé mucho en Eva, en ese amor sin cautela que, cada día un poquito más, me acojonaba. ¿Sería también una línea esporádica?

Una cosa tenía clara.

Hay sendas que una vez que se han registrado, nunca terminan de cerrarse.

22

Cerca de mi casa hay una cafetería donde siempre desayuno cuando los días comienzan a ser templados, bien entrado ya septiembre, y las playas se ahuecan de cuerpos. Los días se acortan y el horizonte de cada tarde, bajo un cielo vacío ya de promesas, anuncia su despedida a esa hora mágica que en València llaman *a poqueta nit*, el atardecer cortito que da paso a la noche: «*Capvespre, en començar la nit després de post el sol*». Los colores cambian; ya se intuyen malvas, violáceos y tejas. Y una noche, casi sin avisar, llega la primera sensación de frescor. La vida ensancha su asombro.

En la cafetería tienen el periódico del día y siempre pido la misma comanda: dos tostadas de pan con aceite y un café largo; luego unos huevos revueltos no muy hechos con un zumo de naranja y un cubito; siempre exactamente el mismo desayuno. Me siento siempre en el patio interior, un jardín de una vieja casona reformado donde florecen buganvillas y la hiedra trepa lenta por la cal blanca, hay también palmeras y geranios. Me gustan los visitantes a deshoras, estudiantes de Erasmus, autónomos sin oficina con sus portátiles, alguna madre con su carrito.

Ese día yo estaba leyendo la novela gráfica *La casa* de Paco Roca. En esos ratitos aprovechaba también para seguir con mi diario y para poner orden en mis notas tras las sesiones de terapia con Zaid, que en realidad eran un Cristo: conceptos aislados, nombres, sueños, fechas y abismos. Había pasado un año desde mi primera sesión, desde que había arrancado aquella travesía por mi vida, hacia atrás y hacia delante, hacia dentro y hacia fuera. Tormentas que casi me arrasaban pero también días de sol. A la vuelta de aquel verano decidimos (él propone, yo decido) bajar la periodicidad a dos días por semana.

Tenía mucho que contarle, me habían sentado bien las semanas sin andar por las brasas de la memoria, sin el agotamiento extremo que es no parar de abrir cajones. Tenía que contarle, además, que me estaba enamorando, que las cosas con Eva sencillamente estaban pasando solas, que cada día dolía más no verla, que me asustaba cada paso, que me sentía más vivo que nunca. No fue sencillo transcribir lo que pasó aquella mañana en la sesión, un par de horas antes de mi café americano, frente a las buganvillas y la hiedra.

—Me asusta cagarla con Eva.

—Vienes fuerte, ¿cómo estás?

—Como cuando llevas demasiado tiempo bien y ves que todo está demasiado en calma, o sea: esperando la primera hostia...

—¿De quién? —Ya empezaba yo a intuir a este cabrón, estaba hablando de mí, claro.

—Una parte mía quiere frenar, no dejar que esta relación continúe, está yendo todo demasiado rápido y temo...

—¿Qué temes? —Ahí sí me interrumpió, no solía hacerlo.

—Quemar los puentes con ella, cada día que pasa estoy más enganchado y si sale mal no sé si tendré fuerzas para no volver al acantilado. Y si sale bien...

—¿Qué?

—Tengo miedo de que se asuste del frío. Que salga corriendo cuando vea toda esta parte mía que aún no conoce. —En ese momento señalé a los sofás, a la caja de pañuelos, a la pequeña ventana desde la que ya se intuía el amanecer.

—A lo mejor se está enamorando *precisamente* también de esta parte tuya.

—¿De este yo cagado de miedo y acojonado?

—De este tú desnudo y frágil. ¿Sigues soñando con tu padre?

—Mmmm, menos, ahora que lo dices, quizá menos, ¿por qué?

—Sé que es difícil de entender pero ya sabes que las leyes en la psique no son las del mundo real. Con su muerte, y para poder sobrevivir emocionalmente, creaste una asociación peligrosa: si dejas pasar el amor, habrá pérdida y un dolor insoportable. Amaste a tu papá y murió.

—Y entonces huiré para refugiarme en mi lago helado.

—Que es lo que una parte tuya quiere hacer ahora con Eva... no amar para no sufrir.

—Hay una película que veía siempre con mi padre: *Juegos de guerra*. En la última secuencia se enfrentan el protagonista, que es un genio de la informática, y la computadora más avanzada del planeta, llamada Joshua, a una partida de tres en raya. Juegan y juegan pero nunca hay un ganador, es imposible en este juego si ambas partes hacen eternamente el movimiento correcto. Se dan cuenta de la obviedad: «La única manera de ganar es no jugar». Creo que aquí es exactamente al revés: la única manera de perder es no jugar.

—Tú me quieres quitar el trabajo.

—No tengo miedo a que salga mal, tengo miedo a que salga bien.

—Pero ya no, ahora ya tienes una espada mágica contigo: tu amor de bomba atómica.

—Y una brújula. —Sonrió como hace siempre, con todo el cuerpo y casi volcando el sofá, las notas con garabatos y la botella de agua—. La brújula es mi consciencia, ¿verdad?

—Nos vemos el jueves, valiente.

Notas de la sesión: «Muestra tu herida, el cambio: de amar desde el dolor a amar hasta el dolor. Miedo al refugio: que es encadenarme a la nada. Refugio: no vivir, no hacer nada, no enfrentarme al mundo, no amar. Sueño con una estación de tren, equipaje para dos y un tren que nunca sale. *Tocar mare*».

El miércoles siguiente volví a Madrid. La inauguración de la exposición sobre O'Keeffe fue todo lo bien que puede ir una inauguración: copas vacías, periodistas contentos, amigos de la galería luciendo todavía el moreno del verano que ya habíamos olvidado y algún coleccionista avispado olisqueando las salas de nuevos talentos. Maite estaba radiante, Eva llevaba una falda *midi* de cintura alta, blanca con flores y una camisa de lino azul cielo, era una aparición en una sala llena de gente. Me vino a la cabeza lo que tenía subrayado en mi libro de notas: «La única manera de perder es no jugar».

Cuando acabó la exposición nos fuimos los tres a acabar la noche al Dry Martini del hotel Fénix, plaza de Colón con Hermosilla, fue un día feliz. Al día siguiente subí con Eva a un avión, me quería enseñar su estudio en la casa donde veranea su familia en Port de Pollença, en el este de la isla, que ella usa el resto del año para desconectar, ilustrar, alejarse de la vorágine que tantas veces es Madrid. La casa se ubicaba en la zona norte de la bahía, casi llegando al aeródromo, en la parte del paseo donde los árboles casi rozan el mar con sus ramas. Parece que lo besan. La casa era de piedra, con dos alturas, cubierta de tejas y un pequeño patio con plantas y flores; en la planta superior, una pequeña terraza con barandillas de forja y las contraventanas con las lamas de color verde yerba, tan habituales en la isla.

Su estudio era en realidad una buhardilla reconvertida en lugar de trabajo desde donde veía el mar y también un lienzo que nunca era el mismo: decenas de veleros y balandros fondeados cada uno en su boya. Es precioso observarlos porque, de manera sosegada, todas las embarcaciones bornean cuando rola el viento, es una cosa bonita de ese mundo náutico: los barcos fondeados siempre (siempre) permanecen aproados al viento. Pase lo que pase. Estando allí Eva me contó que cada velero ha de respetar el *círculo de borneo*.

—¿Círculo de borneo?

—Los veleros que estén fondeados y tengan pensado pasar la noche así han de respetar su espacio de borneo: «El círculo imaginario que necesita cada barco para describir su circunferencia cuando rola el viento. Debe ser respetado en los fondeaderos, para evitar la colisión entre dos embarcaciones» —me lo dijo leyendo *El libro del P. E. R.* de Alfonso Jordana, que tenía siempre sobre la mesa.

—¿Me lo traduces?

—El viento mueve a los barcos, algo durante el día y bastante más durante la noche, entonces puede llegar a girarlos hasta 180 grados, por lo que han de respetar, en teoría, un círculo completo.

—Para que no se estampen.

—Eso es, pero no es solo una circunferencia a partir del tamaño del barco —hizo el gesto de un compás con el dedo pulgar e índice sobre la mesa—, es mucho más amplia: la embarcación bornea a partir del ancla y la cadena.

—Como planetas en un sistema solar.

—Como planetas en un sistema solar.

Mientras me lo leía no pude evitar preguntármelo: ¿necesitamos también las personas ese espacio?, ¿debemos respetar un círculo imaginario para que no colisionen nuestros mundos? A mí me gustaba observar los barcos mientras ella ilustraba. Mi favorito era un velero color rojo mora, no más de once metros de eslora, las velas (vela mayor y trinquete) del mismo color que el casco. Se mecía al son de la brisa de cada mañana, a veces parecía perdido pero siempre estuvo allí, esperando qué. Por culpa de Zaid ya veía proyecciones por todas partes. En su estudio había una butaca cubierta con un *plaid* con lenguas mallorquinas, varias estanterías de madera con libros, hortensias frescas, dos cómodas para sus materiales y un tablón de madera que hacía la función de mesa de trabajo. Era enorme y también un caos bellísimo: había pinceles y paletinas, paños tiznados de pintura, varias cajas metálicas Schmincke con acuarelas y salpicaduras ya marchitas, frascos de cristal para el agua, lápices de colores, grafito, cientos de papeles desordenados, cinta de carrocero, botes con rotuladores y tiralíneas. Me hizo gracia reconocer algún tubo de Winsor & Newton. Los mismos que O'Keeffe.

También tenía enmarcado, en una pared cuya ventana daba al mar, un poema de un libro que le había regalado en verano, una antología de poemas de Gloria Fuertes: «... y ya habrán cerrado las tiendas y portales, / y ya será muy tarde para llegar a tiempo / a los que hoy te aman».

Es imposible llegar tarde.

Me quedé un par de días más en la isla, hacíamos el amor, leíamos frente a un océano que ya refrescaba pese a cobijar todo el sol del verano. Su piel sobre mi piel. Se hizo evidente, con el peso de cada abrazo, que no podía no andar ese camino que, en lo más hondo de mí, también me aterraba.

Me levanté y en la pantalla del móvil había un

mensaje de Sara, mi hermana: «Llama cuando puedas, ha llegado otra carta del Ayuntamiento, del Servicio de Cementerios y Servicios Funerarios, se acaba la última renovación de diez años del nicho de papá en el cementerio. Tenemos que tomar decisiones».

23

El otoño fue más cálido que otros años y sus atardeceres ocres llegaron más tarde, cuando las hojas ya se
posan lentas sobre las mesas de los parques y el cuerpo busca el abrigo de una manta. Una imagen: es
una plaza cercana a mi casa en la que siempre me
paro en un banco cuando vuelvo de correr; en ese
momento aprovecho para contestar algún mensaje,
respirar hondo —con el diafragma, desde las entrañas— y cambiar la *playlist* que uso para hacer deporte por una ya sin ímpetu. En esa plaza es imposible
ver el cemento del suelo porque las hojas lo cubren
por completo, creando un tapiz de hojas ocres y co-
rintos, es difícil no hacer una fotografía, así que tengo como cien capturas exactamente iguales. Mentira: no son iguales. Las hojas nunca caen de la misma
forma, existen cientos (miles) de pequeñas, imper-
ceptibles diferencias.

Era un sábado por la mañana, madrugué, café
largo y tostadas en la cafetería de siempre. En cuanto terminé cogí el camino hacia la casa de mi madre
en el campo, tardé no más de una hora en llegar; lo
sé porque escuché enterito el álbum *Amor supremo*

de Carla Morrison: una hora, dos minutos. Llegué y estaba sonando *Todo pasa*, la canción más bonita del disco: «Que la vida de repente me alcanza / Que estoy cansada». Mi hermana ya estaba allí. Nos sentamos en la mesa del porche, bajo ramas de almendros y un ciprés, cobijados los tres bajo su sombra en torno a una mesa de jardinería de una de mis mudanzas. Finalmente había encontrado su sitio. Ojalá todas las cosas encontrasen finalmente su sitio. Casi nunca lo hacen.

—¿Qué pone en la carta? —pregunté con un segundo café en la mano.

—Te lo resumo: o renovamos la concesión del nicho o trasladan el cuerpo a... espera —sacó la carta de su bolso y se puso las gafas, la leyó tal cual—: «Una vez finalizado el periodo de concesión y si la familia no tramita su renovación, se exhuman los restos y se depositan en la fosa común que exista en el camposanto, quedando libre el nicho para un próximo enterramiento».

—Yo pensaba que ese espacio era nuestro, qué hijos de puta.

—Pues no, el espacio pertenece al municipio. Podemos renovar esa concesión durante diez años más, pero la propiedad siempre será del Ayuntamiento.

—¿Qué quieres hacer, mamá? —Los dos la miramos, se hizo pequeñita, no deberíamos haberle preguntado.

—Yo no tengo fuerzas, haced lo que consideréis correcto.

No hizo falta decir más, volvimos a las cosas del día a día, le pregunté a mi hermana por su trabajo en el hospital, por el cole de Lola, que andaba por allí jugando con los perros, volvimos a la cotidianidad de nuestras vidas, me preguntaron por el diario que estaba escribiendo, les conté algo que no esperaban —que me estaba enamorando—. Que estaba ya enamorado. Comimos un arroz a la leña bajo la parra con una botella de Barón de Chirel que yo llevaba en el coche. Paseamos por los cerros. A media tarde me quedé un rato solo en el porche con un libro sobre la mesa, junto a mis pies los perros tirados sobre el suelo. Me invadió una tristeza lenta, noté como se me abría un agujero enorme en el pecho. Mi madre, mi hermana y el resto de la familia descansaban dentro y de repente, como un ejército de hormigas en pena, me subieron por las piernas y los huesos cada uno de los recuerdos con mi padre: nuestros domingos por la mañana recorriendo cafeterías, aquellos paseos larguísimos con Rocky, las primeras películas juntos, las sesiones en familia cada fin de semana, los cuatro frente a la vida siempre, la alegría, los viajes en coche al sur, los juegos, las preguntas, el amor infinito. Un firmamento de recuerdos bonitos. Un manto de hojas bellísimas habitan mi memoria con él.

Repasé la conversación de la mañana ya sin el peso del frío que hasta entonces todo lo ahogaba, imaginaba a mi padre en aquel nicho a punto de ser exhumado en un camposanto y depositado a la vera de otros cuerpos sin nombre en una fosa común, o peor, solo, sin nadie más que nadie. Me hice noche con la noche y el dolor en el pecho se derramó ancho como un bosque antiguo. ¿Qué había hecho yo con mi vida? Habían pasado más de veinte años. Mi hermana y yo alargamos la charla en su casa un par de días después, los dos teníamos claro que preferíamos la incineración, no recuerdo sus porqués. Tuvimos que ir los tres (con mi madre) la semana siguiente al cementerio, donde firmamos los formularios con los que iniciar el procedimiento de exhumación porque ese debía ser el proceso, en primer lugar exhumar («desenterrar un cadáver o restos humanos», leo en el DRAE), para luego incinerar, literalmente: «reducir algo, especialmente un cadáver, a cenizas». Todo sería la misma mañana. Recuerdo estar en una pequeña capilla observando nuestro libro de familia, azul pizarra y del tamaño de una cuartilla. Recuerdo hacer fotografías de la letra de mi padre, él mismo escribió mi nombre y el de mi hermana con una pluma que ya no tengo. Recuerdo el dolor. La punzada de la vergüenza. Recuerdo elegir junto a Sara, tantos años después, la urna de cerámica que lo acogería en un catálogo abierto frente a nosotros en un mostrador tan frío como la piedra fría. Recuerdo la fecha que nos proponían para la exhumación en un documento oficial con el dato impreso junto al sello del Ayuntamiento: 14 de noviembre. Recuerdo acompañarlas al parking, volvíamos tranquilos, hablando de nuestras cosas. Recuerdo dejarlas allí, despedirme de ellas y volver a entrar de vuelta al cementerio, para recorrer de nuevo el paseo hasta la lápida de mi padre, esa sería la última vez que la vería. No, la penúltima. Recuerdo lo que le dije a Zaid esa misma mañana cuando me preguntó qué pensaba hacer con mi padre: «Lo que no hice en su momento, despedirme de él». Aquel día le llevamos flores frescas. Rosas blancas, claveles y gladiolos.

Al llegar a casa le escribí este email a Eva:

Esta mañana he ido al cementerio con mi madre y mi hermana, a firmar lo de la incineración (que será en un mes o así). Después he ido a ver la lápida de mi padre (haría como 10 años que no voy), la vuelta en coche ha sido dura. De repente me han entrado ganas de que me abrazaras.

Me apetece cuidarte. Pienso un poco como tú, todo es un poco absurdo y quizá se quede en esto, pero si siento cosas como la necesidad de ese abrazo (o de cuidarte) no pienso callármelas.

24

14 de noviembre de 2016, jueves. Recogí a Sara sobre las nueve de la mañana; hacía frío pero no para más que un jersey de lana y un *blazer* azul marino. Antes de llegar al cementerio paramos en una cafetería cercana, nos pedimos una tarta de zanahoria, ella un capuchino y yo un café largo. Hablamos de cotidianidades. Aquel rato con mi hermana fue tierra cálida, cada día estaba mejor con ella (me anoté mentalmente hablar esto con Zaid en alguna sesión). Dejamos el coche en el parking rodeado de castaños y hojarasca trémula sobre el pavimento. Es bonito un cementerio en noviembre. El silencio allí es un alambre porque siempre está a punto de romperse. De vez en cuando se oía un quejío ronco, un lamento, en algún pasillo lejano, debió de ser alguien despidiéndose de quién sabe quién. Familias no tan diferentes a la nuestra dejarán a ese quién ya sin nombre en un nicho frío tras una lápida de mármol con flores y luego volverán a sus vidas. Se dirán que la vida sigue. Volverán cada Día de Todos los Santos a traerle flores frescas y se quedarán frente al nicho veinte, treinta minutos. Llorarán. Un día dejarán de venir. El silencio, también, es un cuchillo.

Pasamos primero por la oficina de información, presentamos el libro de familia, nos llevaron hasta la sala de espera cruzando por el patio de palmeras. Estábamos tranquilos. En poco tiempo llegaron dos operarios (vestían un mono azul marino, tenían las botas sucias), nos invitaron a subir a una camioneta blanca, como los remolques para coches, pero sería un féretro lo que remolcarían. El de mi padre. Lo remolcarían para llevarlo a una sala donde sería incinerado. Mi hermana y yo dijimos que no, preferimos andar; nos esperarían en su tumba. Anduvimos tranquilos el mismo camino que hicimos entonces, noviembre de 1995. Habían pasado veintiún años. Íbamos agarrados del brazo, yo a su derecha. Quizá hubiera llovido el día anterior, el suelo de arena estaba mojado, como la grava calada de un coso taurino tras una tarde de tormenta. Nos estaban esperando apoyados en el coche, no hablaban, fueron tremendamente respetuosos en todo el proceso. Nos explicaron cada paso de lo que vendría. Primero, martillo y pica, quebrar el mármol. Antes retiraron la fotografía de mi padre en blanco y negro que habíamos elegido juntos en el velatorio. Sara la guardó en su bolso. Retiraron también el cristo de piedra y las flores frescas, martillo y pica. El mármol se hizo añicos, los golpes resonaban en todo el pasillo, sonidos bellísimos, secos como retama. El silencio es ausencia. El nombre de mi padre caligrafiado en letra inglesa dorada sobre el mármol negro también se dividió en pequeños fragmentos que caían sobre la arena. Los recogieron uno a uno. Tras el mármol vimos el cemento con su nombre (Diego) que yo mismo dibujé con mi dedo índice en su entierro. Lo había olvidado. Recordé el momento. Yo estaba de rodillas. Me dio un vuelco el corazón. Martillo y pica. Ya podíamos ver el nicho, una cueva chica, la oscuridad que lo habita, las telarañas y la humedad. 0,80 metros de anchura, 0,65 metros de altura y 2,50 metros de longitud. Dentro un féretro marrón caoba cubierto de polvo, moho y tiempo. Lo sacaron con sus manos, dejaron el ataúd sobre la arena. Los relojes se pararon. Se miraron los dos operarios, nos alejaron unos metros, nos preguntaron: «¿Queréis que lo abramos?». No pude evitar preguntar: «¿Qué se suele hacer?». «Recomendamos no hacerlo, han pasado más de veinte años, no va a ser agradable lo que veáis.» Me dejaron un rato con mi hermana. Nos miramos. Ella dijo bajito: «Yo no». «Y tú tampoco deberías», añadió. Miré al operario desde la lejanía de unos pocos metros, asentí con la cabeza. Martillo y pica. Escuchábamos el sonido de la madera resquebrajándose, qué tontería: pensé en decirles que tuviesen cuidado, por si le clavaban alguna astilla, pero estaba muerto. Era en mi cuerpo donde se clavaba cada tajo en la madera. Recordé aquella sesión de terapia: una parte mía se había quedado allí dentro. Unos minutos después finalizó la melodía del listón caoba quebrándose, un sonido antiguo. Era el momento. Anduve tan despacio como pude, dudé muchísimo hasta casi el último suspiro. Pensé en mi madre con tres años, agarradita a los barrotes de aquel cortijo, mirando a su mamá recién muerta; recordé lo que me dijo cuando le pregunté si le hubiese gustado entrar: «Pues claro, para despedirme». Para mirar. Llegué hasta mi padre. El ataúd estaba parcialmente ocupado por rastrojos, tierra sucia, humedad y telarañas. Su cuerpo seguía vestido con el traje marrón que usaba en días especiales, el que hubiese llevado el día de mi graduación en la universidad privada a la que me acompañó aquel día. Qué orgulloso estaría si hubiese llegado a venir a verla. Pero no vino. Tenía los brazos cruzados sobre el pecho. El tórax tenía volumen, no como el resto del cuerpo, entendí tarde que era por culpa de los huesos de la caja torácica, esternón y costillas. La mirada, la mía, empezó el recorrido visual en la parte baja del cuerpo, y fue subiendo conforme me acercaba. Tras el tórax cubierto con su americana de paño oscuro no había nada. Una parte mía esperaba de verdad ver su boca, sus ojos y su frente, frío y muerto pero presente. La carne de mi padre. Pero no. Nada más que calavera cubierta de tierra baldía y memoria. El hueso blanco roto. El silencio.

La incineración fue un proceso casi burocrático. El edificio para las cremaciones era una construcción de dos plantas, ladrillo visto, lo gobernaba una gran chimenea con un castaño cerca. Aguardamos en la sala de espera, cogiditos de la mano. Imaginé el fuego sobre el féretro, la llama viva sobre sus huesos y su traje, el humo de la chimenea cubriendo de hollín aquellas nubes de noviembre para ser ya siempre atmósfera. Duró casi dos horas, exactamente una hora y 56 minutos, lo sé porque eso detallaba la documentación que nos entregaron junto a la urna de cerámica que habíamos elegido, color verde ceniza, envuelta en una bolsa de tela y cerrada con un cabo dorado. Pesaba casi cinco kilos. Dentro, un sobre con su nombre, fecha de defunción y fecha de incineración. Tras el sobre una bolsa de plástico transparente cerrada con celo que protegía los restos de mi padre. Descubrí allí que el cuerpo se incinera junto al ataúd, pero la cámara de cremación alcanza temperaturas tan elevadas que del féretro no quedará nada, las cenizas mismas son en realidad nada más que fragmentos de hueso. Es un polvo fino de color gris blanquecino, con motas negras y alguna partícula color canela. Es un color bonito, nada que ver con la oscuridad que uno imagina. Le pedí a mi hermana quedármelo un tiempo. Le pareció bien. Guardé la urna en el armario que da a la cama en la habitación de matrimonio de mi casa en la playa, donde están las mantas, arropado en silencio.

25

Los días con Eva mutaron en fines de semana y aquellos en semanas, las horas con ella eran viento, se me escapaban de las manos. Vivíamos ya juntos en la casa de la playa y no nos callábamos nada. De vez en cuanto volvíamos a la residencia de su familia en la isla. Cuando le contaba sobre mi padre me recogía en su regazo, un espacio infinito donde cabían planetas y firmamentos. Con ella nació una costumbre nueva —benditas sean las rutinas porque cobijan lo mejor de una vida elegida—, que era pasear cada tarde, sin excepción, descalzos por la arena, frente al mar, en el barrio que ya era abrigo; tras cruzar el paseo marítimo y sus casitas de colores, bien pegaditos a la orilla donde la arena se funde con el yodo, el aire tostado calmando algún desasosiego. Nunca está el barrio tan bonito como en invierno, pantalones cortos y jersey por si refresca. Las chanclas en las manos, los pies en el agua y el horizonte un óleo perfecto entre el azul de Persia y un magenta bellísimo, como queriendo despedirse. Algunos días me daba pereza bajar (por culpa de una entrega para una revista, de algún proyecto para el que me había liado Maite o de quién sabe qué) pero siempre me podía el amor.

—Venga, que luego te alegras —me decía ya preparada, aquel día llevaba un vestido hasta el tobillo de lino rosa con manga larga, sobre él una rebeca de cachemira color burdeos.

—Pero si siempre es lo mismo.

—Nunca es el mismo; vístete, anda.

Tenía razón, nunca era el mismo paseo (como en la metáfora del río de Heráclito de Éfeso: nadie puede bañarse dos veces en el mismo río), pero es que además un millón de pequeños matices los diferenciaban: el tono exacto del mar —ese tú sin gravedad—, la densidad de la arena, el dibujo que hacen las vetas de las nubes sobre el cielo, cada gesto de Eva, la textura del algodón sobre la piel, hasta era diferente el ánimo con el que andabas. Pero para ver esas particularidades tenemos que querer verlas, si no se escaparán como se escapan los días cuando vives de puntillas, como cuando tu casa es un palacio de invierno. Desde mi acantilado, al que ya solo volvía de tanto en tanto, era imposible ver el mundo así. Desde allí todo era una gran masa uniforme y todos aquellos matices vivían encapsulados en una gran nada incapaz de dañarme —pero también de hacerme sentir—. Aquel día de diciembre lo recuerdo especialmente feliz, me vino a la cabeza aquello que me contó Jaume en Garai: «A veces parece que el mundo está bien diseñado»; era una afirmación de un profesor suyo, Manuel Zafra, a la que vuelvo en días casi perfectos, esos días donde sencillamente cada pieza está en su sitio, la luz exacta, el silencio habitado, la consciencia de no querer estar en ningún otro lugar ni en ningún otro momento. Para mí aquel día lo fue. En toda su inmensa sencillez. Pessoa escribió que para ser feliz es preciso no saberlo, yo pienso exactamente lo contrario.

—¿A que te alegras de haber bajado?

—A ver, cuando tienes razón, tienes razón —sonreí.

—El éxito es cada día poder dar este paseo —me dijo Eva bajito ya volviendo a casa.

En ese momento sentí una punzada de dolor recordando a mi padre y los reproches de mi madre tras nuestros paseos eternos con Rocky. Ella, mi madre, quería trabajar, conquistar, construir, comprar una casa, hacer altos los techos de su infancia. ¿Qué quería él?

Lo hablé con Zaid el miércoles por la mañana.

—¿Por qué discutían tus padres a la vuelta de tus paseos? —Aquel día vestía una sudadera de franela, como los que hacen senderismo por la montaña.

—Ella pensaba que él era un don nadie, le decía «con lo que podrías haber sido», le echaba en cara su falta de ambición, pasar tanto tiempo en casa.

—¿Tú qué pensabas?

—Probablemente lo mismo que ella, que era un fracasado.

—¿Qué quería él?

—Esos paseos con nosotros, tiempo juntos, ese fue su triunfo.

—Y el tuyo.

—Tengo miedo de repetir el ciclo, Zaid: la desconexión, el frío, volver a apagarme, volver de nuevo a bajar las persianas.

—No debes tener miedo, ya sabes cuál es el camino.

Un amor de bomba atómica. Recordé la historia de aquel pueblo de interior: cuando nacía un niño los padres plantaban un chopo como ofrenda para el día de su boda, un regalo cuyo fruto recogerían quizá dentro de treinta, cuarenta años. Mi padre nunca lo supo, pero plantó (en mí) con sus manos, su valentía y su calor un árbol lleno de ternura, libros, cómics, pelis, vivencias y futuro. Nunca me juzgó. Qué pena entenderlo tan tarde.

26

Durante algunas de las siguientes sesiones de terapia fue inevitable volver a la exhumación y la urna de cerámica en casa. Eva estaba encantada de tenerlo allí —le pregunté antes, claro—. Con ella mi casa de paredes blancas, sofás sin rasguños, revistas que nunca leí sobre la mesa de centro y libros perfectamente ordenados por estrictos parámetros estéticos mutó en un estallido de color, un bellísimo caos creativo más parecido al estudio de Georgia O'Keeffe en su Rancho de los Burros de Santa Fe que a los proyectos de diseño que yo admiraba tanto, cada día era menos Mies van der Rohe y más la bodega de Martín en Cádiz: de un día para otro, pasear por casa era cruzarse con cientos de acuarelas en la terraza, cojines con telas mallorquinas, pinceles ajados, paños con manchas de pintura, pañuelos de seda colgados del baño, bandejas de bambú con papeles pintados de gouache, archivadores azul Capri, rotuladores de colores, pigmentos en tubos sobre la mesa, lienzos, ceras y pasteles. Un mat para yoga, sandalias, capazos de mimbre, estanterías de madera. Flores frescas y plantas vivas. Ya no se morían.

Al principio me molestaba el desorden, pero empecé a ver pequeños destellos —muy fugaces— de belleza en aquel firmamento barroco. Ella siempre me decía lo mismo: «Cuando llegué esto no era una casa, era un piso piloto». Busqué la definición: «Viviendas totalmente terminadas y amuebladas incluso antes de que la promoción de la que forman parte esté acabada. Un piso piloto permite a quien atraviesa sus puertas experimentar en primera persona cómo sería vivir entre sus cuatro paredes». *Cómo sería vivir*, difícil expresarlo mejor.

Veíamos películas casi todas las noches. Volví a ver con ella una de las más importantes de mi vida, *Tierras de penumbra* de Richard Attenborough. La había visto por primera vez en aquel programa de los lunes por la noche en TVE, la emitieron exactamente en octubre de 1997, yo todavía vivía con mi madre. Ya entonces, con el duelo de la muerte de mi padre todavía sin elaborar (habían pasado dos años), me conmovió profundamente. Supongo que hay obras que nos impactan pero no sabemos por qué. Por eso nos llegan de manera especial determinadas películas o algunos libros —porque nos cuentan cómo somos, qué nos pasa, qué se intuye tras nuestros cajones cerrados—. En *Tierras de penumbra*, su protagonista, el poeta y profesor de literatura en Oxford C. S. Lewis (autor de *Las crónicas de Narnia*), interpretado por Anthony Hopkins, llega quizá demasiado tarde, tras la enfermedad de su mujer, a una certeza terrible: «*The pain now is part of the happiness then. That's the deal*». La primera vez no la entendí. Esta vez fue diferente porque reconocí en su duelo muchas de las trazas de mi vida; hay que dejar que duela la memoria, sentirte a veces abandonado, sufrir porque estás vivo. Es imposible la plenitud sin aceptar que el dolor forma parte de la vida.

—Falta algo por hacer —le comenté a Zaid el siguiente lunes a las siete, yo puntual como un clavo, él llegando como casi siempre tarde, con una sonrisa enorme y el pelo mojado.

—Falta mucho por hacer, ¿no?

—Me refiero al entierro de papá. Tengo la urna con sus cenizas en nuestra habitación entre mantas y pijamas.

—Tu padre no podría estar más feliz —carcajada con todo el cuerpo.

—Creo que quiero enterrarlo de nuevo, con mis reglas, aunque sea un entierro simbólico.

—¿En qué estás pensando?

—Abrir la urna, coger una pizca de sus cenizas, meterlas en una cajita, viajar juntos hasta un sitio especial, ponerme una *playlist* bonita: despedirme de él como Dios manda.

—¿Le has preguntado a Sara y a tu madre?

—Sara me ha dicho que no lo ve claro, que «cómo voy a trocear a papá».

—¿Qué le dijiste?

—Son cenizas, no un queso... —y más carcajadas, desde luego la vida son las dos cosas, alegría y muerte.

—¿Y ya sabes dónde será?

Eso lo tuve claro antes de entrar en la sesión. Tenía que ser en La Caleta, donde pasé tantas tardes en soledad sabiendo que algo estaba mal en mi vida pero sin intuir exactamente el qué. Allí volvía cada año y desde allí volvía de nuevo vacío. Allí entendí que el lago helado sobre el que vivía se estaba resquebrajando —en la ciudad más alegre del planeta entendí que era una pena quieta la que gobernaba mis días—. Llegamos un viernes de abril tras un viaje en tren con escala en la estación de Santa Justa, en Sevilla. Alquilamos una casa luminosa en la calle Rosario, a tres pasos del bar bodeguita El Adobo, esquina con Beato Diego de Cádiz. El Adobo es una casa de comidas de las de antes, na más que una barra de madera con cuatro taburetes, un tirador de cerveza, botellas de manzanilla Solear o Lustau, pizarras escritas a mano con el menú del día, bolsas de papas fritas, quesos buenos; la cocina es un cuarto de poco más de dos metros y a ambos lados de la puerta tiene dos mesas altas donde siempre hay parroquianos con sus platillos de cazón en adobo, algo de piriñaca y chatos de vino. Pero aquí la vida se vive en su terraza, que ocupa buena parte de la calle Rosario (es peatonal) con sus cuatro mesas vestidas con mantelería de papel y dos parasoles dando sombrita buena. Al mando del tabanco, Paquito, pendiente siempre de la cocina y de tanto en tanto de la sala, porque él es gaditano de la Viña y eso es un carné que vale para casi todo. Su mujer, María del Mar, y su hija Carmen completan la tripulación. Su padre es Paco Abeijón *Carapalo*, chirigotero ilustre que cada día le trae pargo fresco *from* alguna de las barcazas de La Caleta. París no fue una fiesta, París fue un muermo al lado de este bar que cada día cobija una verbena. Sobre la mesa, acedías, ortiguillas, ventrechas o morena frita. Fue una comida feliz, se vino Martín y abrimos algunos de sus vinos, parecía la estampa de una sobremesa exuberante de Fellini, un cuadro flamenco, un salmo improvisado dedicado a las cosas bonitas. No nos cabía tanta vida encima. A mi padre lo llevaba en una bolsa de tela junto a un par de libros y unas gafas de sol, guardadito en un bote de esos en los que suelen venir los carretes de fotos. Nadie salvo Eva sabía que estaba allí con nosotros. Ninguno imaginó que la comida más feliz del mundo era también el preámbulo de un entierro.

Ya por la tarde fuimos andando a través de la calle Sagasta, que parte en dos lo que una vez fue Gadir hasta Virgen de la Palma. Ya casi atardecía. No había prácticamente nadie en la cala. Eva me esperó sobre la arena que hay a la vera del balneario, sede del Centro de Arqueología Subacuática. Como la marea estaba baja pude andar bastantes metros dejando atrás a muchas de las barcazas de colores varadas sobre lo que antes era mar, cada una con su nombre caligrafiado sobre el casco, *Pemán*, *Mi niño Paco*, *Zarzuela*, *Jedacaan*, *Argonauta*, *Urtai* o *La Poderosa*. Podía también ver los cabos enmarañados sobre el fondo ya sin agua ni sal, las cadenas oxidadas cubiertas de moho y óxido, de un color verde musgo. Son los cajones cerrados del océano, esas enormes cadenas que no vemos nunca son las que impiden que sus navíos se pierdan. Llegué hasta unas rocas desde las que hubiera podido tocar el Atlántico; a mi derecha el castillo de San Sebastián, estaba ya anocheciendo. Pensé en mis dedos sobre su lápida el día de su entierro, cada gesto era una herida. Pensé en Eva, esperándome tranquila en la arena. Pensé en los paseos con él cuando era chico, en aquellos pequeños triunfos suyos, en los míos de cada tarde. Lo dejé allí. El sol desapareció.

Volví exhausto, volví roto, volví lleno de vida y de amor. Nos casamos un par de meses después, en un caserío desde el que se podía ver el mar. Él estaba allí conmigo.

27

Pasamos el verano en la casa de sus padres en Port de Pollença. Frente a su pequeña terraza con barandillas de forja seguía aquel velero con el casco y las velas color rojo mora, meciéndose al son del tiempo. No teníamos más planes que vivir. Me fascina su anhelo por el mar porque es un amor que trasciende querencias, memoria y geografías; más que amor, es gravedad, le atrae como a un gato esa araña que se agita lenta camino de nadie. Ella gravita en torno al gran azul y los dos se entienden, se calman, se precipitan hacia esa vida donde todo es sonido, color, belleza, miedo, inmensidad y abandono. Nadie está tan solo como quien sueña con el mar. Es verdad, «todo lo que no es señal es ruido» y yo intuyo que el vínculo entre ellos (o ellas, los marineros viejos escriben siempre «la mar», como recordando besos todavía húmedos, todavía sin reproche) es precisamente ese: solamente hay señal, nada más que travesía y arrebato porque la mar no juzga, la mar no encarcela, la mar no miente y tan solo es posibilidad de presente, solo hay ahora en el piélago infinito. Cada ola no deja rastro en la siguiente, cada ola es un presente nuevo, quizá por eso las casas frente al Mediterráneo se oxidan pero la mar no se oxida nunca, porque ella es yodo, sal y eternidad.

Descubrí gracias a una de sus clases de acuarela que la sombra de las nubes cambia su temperatura de color en función de la distancia y la posición de la mirada, las nubes más cercanas al horizonte son más cálidas, mientras que las más alejadas son más frías; el color del mar también cambia, próximo al horizonte es azul índigo, en la orilla sin embargo es verde esmeralda. Misterio y eternidad allá al fondo, tierra y consuelo aquí cerquita, con la espuma blanca cabrilleando sobre la arena o las rocas.

Los sábados por la mañana volvíamos siempre a la misma plataforma, una cala cerca de las cuevas de Artà y no muy lejos de S'embarcador del Rei, a exactamente 56 kilómetros de la casa de sus padres. Allí solíamos bucear entre obladas, sargos y *esparralls*. Pero aquel día yo me quedé en tierra.

—¿Me esperas aquí? —me preguntó con las gafas de snorkel y el tubo en la mano, el pelo mojado sobre los hombros.

—Pues claro, mi amor; aprovecharé para escribir, tú disfruta de la inmersión.

—¿Seguro que no vienes?

—Seguro, quiero avanzar en esto —señalé el iPad y a su teclado.

—Te noto triste estos días, mi amor, ¿estás bien?

Se lanzó al mar, pero antes un beso largo y lento en la mejilla, sujetando mi cabeza con su mano izquierda. Terminé un texto para una revista de viajes y continué con mi diario. Me vino a la cabeza una charla con Rancapino, un cantaor de flamenco jondo amigo de Martín, en el barrio de La Viña: «El que dice mucho "yo soy" es porque no tiene nadie que le diga "tú eres"». En su momento no lo entendí del todo pero sí recuerdo sentirme apabullado porque en esa frase cabían atardeceres. Había estado demasiado tiempo lejos de esa patria que es la lumbre de tu gente. Las raíces se secan sin lluvia. También las emocionales. Eva me regaló un libro aquellos días: *Explicaciones no pedidas* de Piedad Bonnett, un poemario minúsculo como los que edita Visor, con su inconfundible cubierta negra y su tipografía Windsor. Apunté —presumo de que subrayo libros pero no es verdad: esa es la persona que me gustaría ser y no la que soy; ojalá ser ese tipo de persona que subraya, dobla, moja y vive los libros como hace con su vida (mis libros en realidad están impolutos)— esta cita: «No hay cicatriz, por brutal que parezca, que no encierre belleza. Una historia puntual se cuenta en ella, algún dolor. Pero también su fin. Las cicatrices, pues, son las costuras de la memoria, un remate imperfecto que nos sana dañándonos. La forma que el tiempo encuentra de que nunca olvidemos las heridas», las costuras de la memoria. Pensé en mi padre. Pero también en ella, en mamá.

28

En septiembre volví unos días al campo para ayudar a mi madre y a Juan con el vareo de los almendros. Tras el primer café de la mañana en su moka oxidada extendimos las mallas en el suelo bajo cada árbol, y los tres de vuelta a la memoria de la tierra: varear las ramas hasta vaciarlas de su fruto, despalillar las almendras, recogerlas con los capazos y dejarlas secándose al sol. La flor del almendro florecerá en enero inundando los campos de belleza, pero es en septiembre cuando agricultores y labriegos varean los árboles para recoger sus frutos. No existe una cosa sin la otra. No hay primavera sin otoño ni luz sin penumbra. Comimos unas chuletas y unas verduras a la brasa, pero antes el ritual del fuego bajo los alimentos, la madera prendiendo bajo la rejilla de metal, los olores cubriendo de cobijo cada rincón de la casa. Nos sentamos tras la sobremesa en el porche con tiempo para la calma. Sobre una bandeja de cerámica había fruta fresca. No dijimos una sola palabra de la exhumación.

—¿Cómo está Eva? —me preguntó mi madre.
—Muy bien, se ha quedado ilustrando.

—Se os ve felices...

—Todo es fácil con ella —sonrió—. Una cosa —le dije cambiando de tema—, ¿piensas a veces en tu madre?

—Claro que pienso en ella, me vienen imágenes de vez en cuando. La recuerdo en su mecedora, trabajando siempre en el cortijo.

—¿Te has dado cuenta de que has vuelto al cortijo, mamá?

Miró a su alrededor, las parras sobre nosotros, las paredes blancas, las cortinas rústicas, los animales corriendo libres, su tribu cerca, la madera en el fuego.

—¿Cuándo me vas a llevar a tu Cádiz?

Nos reímos. Nos pasamos el resto de la tarde hablando de su infancia, de mi vida con Eva, de sus conflictos con Juan, de sus días en el campo, del colegio de Lola, de las cosas verdaderamente importantes. ¿Qué había cambiado? Era verdad, cuando tú cambias tu mundo se transforma. Desayunamos pronto el domingo, le llevé una bolsa con libros editados por Ricardo y un lienzo de Eva que colocó cuidadosamente sobre la chimenea. Apuramos el café, comimos magdalenas, ella se fue a regar las plantas, la acompañé a través de los rosales, el jazmín y los geranios. Volví al interior, todavía había por allí algún cómic mío de alguna mudanza. Terminé de leer la versión que de *Ojo de Halcón* hacen Matt Fraction y David Aja. Me sentí de nuevo como el niño que volvía los domingos con su bolsa de tesoros, pero el tesoro no eran los libros. El tesoro era estar en casa, sentir la lumbre. La tierra bajo nuestra tierra. La vera de una fuente. *Tocar mare*. Volví a casa tras el almuerzo con una sensación pegajosa de culpa encima. Recordé aquella primera vez vareando almendros, habían pasado cuatro años. Entonces solo había sentido incomodidad, incordio, ganas de nada: ningún rastro de belleza. Trastos, cosas viejas, ruido, ganas de irme.

—Estos días me he odiado un poco a mí mismo —tal cual le solté a Zaid en la siguiente sesión, nada más entrar por la puerta y sentarme en su sofá tirando a gastado.

—Buenos días —sonrió.

—He menospreciado toda mi vida a mi familia, mi origen, mi barrio, mi casa, a casi todo lo que me precede.

—Huyendo, como tu padre.

—Huyendo como papá. —Una punzada en el estómago—. Por motivos diferentes pero huyendo como él. Empiezo a intuir que había montado mi vida en torno a esa huida y que cada viaje era en realidad un éxodo.

—Decías aquí hace poco que los viajes habían cambiado, ¿qué te daba miedo?

—El daño.

—En tu lago helado no hay daño porque no hay vida. La verdad es que hay belleza en tus viajes perfectos pero también la hay en el vareo de los almendros con tu madre, lo que pasa es que solo mirabas la primera.

—«No hay cicatriz, por brutal que parezca, que no encierre belleza» —le leí la frase del libro que me había regalado Eva, la tenía apuntada en las notas del móvil.

—Claro, no existe el amor sin daño. Huyendo no lo evitas, lo niegas.

—Todo se repite. —Dejé caer la cabeza sobre mi mano derecha, es un gesto muy mío cuando estoy abatido.

—No todo, estás mirando.

Salí de aquel patio con techos altos frente al mercado de Colón y la luz blanca de la ciudad despertando me cegó con violencia. Busqué el cobijo de cualquier sombra. Notaba cada respiración, cada pálpito del corazón. Lo feo también es bonito a veces. Cuando es de verdad.

29

Vivíamos en la playa, yo seguía escribiendo en mi diario, que crecía lento pero medraba al compás de mi vida. Iba añadiendo retales de sesiones con Zaid, alumbramientos, versos y entrañas. El amor. El perdón. Cada vez se colaban más entrañas.

Colaboraba con las revistas de siempre, ayudé a Maite con dos exposiciones más. La primera fue en torno a la obra de Monet el verano siguiente, ella a veces trabajaba para el Thyssen y consiguió colar mi nombre para el monográfico de la muestra. Lo hizo porque intuyó que eso era un regalo para mí. Acertó. La exposición, que reunió en torno a un centenar de obras, se extendió de junio a septiembre y ahondaba en la relación entre el pintor impresionista y su maestro Eugène Boudin. Veraneantes en la playa de Sainte-Adresse o en la naturaleza semisalvaje de los acantilados de las costas de Bretaña y Normandía. Maite tenía que ayudar en el comisariado a Juan Ángel López-Manzanares, responsable de contenidos del museo Thyssen, y a su amiga Elena Rodríguez, que era la coordinadora. Mi texto se publicó en el catálogo de la exposición, con el óleo *La playa en Trou-*

ville en la cubierta. Me lo pidió unos seis meses antes de la inauguración. En cuanto se publicó le llevé una copia a mi madre en el campo. Ella no lo conocía, cómo lo iba a conocer. Pero si algo me ha fascinado siempre de Monet es que no hay que hacer nada para entender su obra: tan solo sentir. No hay más esfuerzo que hacer que dejarte sacudir por su exceso y vehemencia, sencillamente ser ante tantas texturas, superposiciones y veladuras. El color es un lenguaje, su relato es la emoción.

La segunda exposición, ya una vez pasado el verano, fue una muestra sobre fotografía de moda a la que se sumó Martín, que gracias a esta colaboración se exilió un ratito de Cádiz (esto no era muy habitual en él) para pasar unos días en Madrid. Me alegró mucho pasar tiempo con él. Desayunábamos siempre en el Rocafría, él un cruasán con su café con leche y yo mis tostadas con uno largo y solo. Comíamos siempre en Angelita o en la taberna Verdejo, bien de escabeches y jereces, apretaditos bajo la simpatía infinita de Marian, propietaria de la taberna —es que a veces las cosas sencillas son las más valiosas—. La exposición, que se inauguró en La Fábrica, reunía fotografías de Javier Vallhonrat, Leopoldo Pomés, Miguel Trillo o Salvador Costa. Se vino también uno de los fotógrafos, Adrià Cañameras, colega además de Martín. La Fábrica es una editorial de fotografía, arte y diseño, responsable de la revista *Matador*, enclavada en pleno barrio de las Letras; ocupa dos espacios más, una librería y sus oficinas. Hice una fotografía del grabado en su puerta de cristal: NADA DA IGUAL.

Acabamos la noche en el pub Gaudí de la calle Almagro. Nos sentábamos siempre en la mesa del fondo, justo bajo el espejo gigante que reflejaba las antiquísimas butacas verde musgo, reflejaba también quiénes éramos. En la mesa baja no cabían más copas, vinos, margaritas y gin-tonics, platillos con jamón y queso, los móviles en silencio... fue una noche feliz. Estando allí Maite nos dijo —a Eva y a mí— que nos daba descanso de exposiciones y galerías hasta bien entrada la primavera siguiente porque se largaba a pasar unos meses a México. Tenía familia allí. Pero que dejásemos en el horno el tema monográfico de la siguiente muestra: la belleza. Estaba emocionada. En realidad fue más folclórica, subida con toda su cogorza a la butaca alzando su *gin fizz*, como haría el rey Arturo con Excalibur, recitó además un verso de Cavafis: «Contemplé tanto la belleza, que mi visión le pertenece». Era su particular versión de «¡Oh, Capitán! ¡Mi Capitán!». Me gustó el tema.

La belleza.

Fue un verano despreocupado. Pasamos unos días en Port de Pollença, viajamos muchísimo. Eva pintó el lago de Thun a través de las ventanas de un tren en Suiza, recorrimos sin prisa la carretera que sube desde Pitlochry hasta Speyside cruzando el río Tummel, dejando a nuestra derecha el parque nacional de Cairngorms y su imposible gama cromática de ocres, tierras, musgo y burdeos. Aquel día todo olía a petricor, el olor más bello del mundo. Buceamos bajo el faro de la isla del Aire, bailamos en un *speak-easy* escondido tras una taquería en el barrio del Marais en París, en la rue de Saintonge, nos sentimos como Stendhal saliendo de Santa Croce asomándonos al fiordo de Geiranger, en Noruega, desde el mirador de Ørnesvingen. La vida era fácil.

En octubre fuimos al médico para una revisión rutinaria y algo más. Familiares de Eva habían tenido problemas recientes con hemorragias en operaciones y sus médicos le habían recomendado investigarlo porque era un trastorno hemorrágico hereditario. Estamos condenados a repetirlo todo, también la genética. Análisis de sangre, hemograma completo, citometría de flujo. La unidad de hemostasia y trombosis del Hospital Universitari i Politècnic La Fe estaba prácticamente vacía, no había más que dos viejitos esperando. El diagnóstico que nos leyó el doctor Carrasco fue casi quirúrgico, estaba muy tranquilo: «Tienes una enfermedad de coagulación de la sangre, un trastorno sanguíneo causado por una deficiencia del factor Von Willebrand, que es la proteína que ayuda a las plaquetas a amontonarse y adherirse a la pared de los vasos sanguíneos, procesos necesarios para la coagulación normal de la sangre. Resumiendo, tu sangre no coagula adecuadamente, así que a partir de ahora tendremos que tener cuidado con tus intervenciones, por pequeñas que sean, desde la extracción de una muela del juicio hasta, desde luego, una operación más compleja». Hicimos todas las preguntas que se nos ocurrieron. Mentira, todas no. «También es importante que tengáis en cuenta que un posible embarazo se traduciría en un parto de riesgo y, probablemente, habrá complicaciones a lo largo de todo el proceso.» Nos miramos. «Deberás llevar siempre encima en tus viajes fuera un antifibrinolítico. Tomaos en serio esto porque esta enfermedad tiene una característica que la hace más peligrosa: no hay síntomas, no duele.» No duele, no se ve, no avisa, no se trata.

Ser padres no estaba en nuestros planes pero tampoco es que los tuviésemos. Íbamos viviendo. Claro que lo habíamos comentado como una opción posible desde un lugar entre la distancia y el amor, de alguna manera formaba parte del dibujo de un futuro bonito. Aquel miedo atávico mío a la paternidad se había hecho chico. Desde que había conocido a Eva asomarme a ser padre había mutado en un «¿Y si sí?». Es una de las consecuencias de abrir cajones que no querías abrir y airear sótanos tapiados, vaciándolos de telarañas. La consciencia es la brújula y tu vida un mapa en el que cada día nace un nuevo «¿Por qué no?» —y lo que antes eran certezas ahora son dudas y lo que antes era musgo ahora es verbo—. Desandar caminos. Volver a casa.

Ser papá.

30

Cuando Eva me dijo que estaba embarazada yo acababa de subirme a un taxi. Salía de una reunión de trabajo, iba de camino a una comida con Martín y Jaume. Me escribió nerviosa «¿Puedes hablar?» entre el entusiasmo y el sobresalto. Lo siguiente que recibí fue una imagen por WhatsApp. Un palito de plástico bicolor sobre las sábanas revueltas de nuestra cama. Una parte violeta, la otra blanca. Sobre la parte blanca una pequeña pantalla con dos letras a cada lado, C de control y T de test. En la pantalla, dos líneas rojas cruzándola. La llamé. Lloramos los dos.

Al cabo de un rato me mandó una imagen parecida, un test junto a otro test, en total cuatro rayitas rojas. Era su manera de decirme «esto va en serio». Sonreí. En la comida no pude evitar compartir la alegría con ellos (se supone que hay que esperar, pero yo ya no tengo tiempo que perder con la gente que quiero), abrimos una botella de Larmandier-Bernier, no nos callamos nada, volví a casa en tren, Eva me abrió la puerta con los ojos en llamas, las pecas dibujaban una constelación en sus pómulos, hierba fresca, camino hacia el mar.

Una parte del mapa de mi vida seguía en penumbra, la paternidad era un camino todavía en sombra, guijarros bajo un cielo vasto. Paseamos juntos por la playa, como cada tarde, como hacía mi padre. Hacía frío, ni un alma habitaba la orilla. Eva bajó con una trenca granate y un gorro. Nos sentamos un rato frente al mar sobre una toalla azul turquesa. Anochecía. Cenamos pronto, pedimos unos tacos, celebramos la noticia en casa, había desasosiego pero era un sentir dulce, ese miedo que solo dan las cosas importantes. No son mariposas, son luciérnagas. Hay un libro que dice que todas las historias son la misma historia, contadas de un millón de formas distintas pero siempre la misma aventura, las mismas pulsiones, el mismo trecho recorrido hasta aquí, las mismas pisadas y el mismo barro. Supongo que la paternidad también es eso: rendirte a la obviedad de que tu verdad es una gota en un océano infinito.

Aquel día nació el padre.

Ahora

31

Esta mañana llovía pero llegamos felices a la clínica al encuentro de su (nuestra) primera ecografía, y todo el miedo del mundo aquí dentro ante lo que venía. El miedo también pesa. Lo que venía, dicen, es un amor más grande que la vida misma y eso me aterra porque yo siempre había pensado que la vida no es más que este disfrutar de las cosas pequeñas, pan con aceite y el calor del sol, piel con piel, el corazón en llamas.

No sé si estoy preparado para un amor así, si casi no llego al que ya me abrasa. Me hago pequeño cuando siento que no sé querer. Me aterra querer mal porque no querer es no ser, no querer es ser una sombra. Hemos llegado pronto, aparcamos el coche en el paseo de Blasco Ibáñez, frente a una hilera infinita de castaños a la vera del jardín de Viveros. Allí solía pasear con mi padre —una imagen: caminando juntos a través de las casetas de una feria del libro, una bolsa con cómics, hojas secas sobre el suelo de piedra—. La clínica es un edificio de apenas dos plantas, a su espalda habita un misterio, los jardines de Monforte, que prácticamente ya nadie anda.

Siempre he pensado que los jardines que ya nadie camina se mueren poco a poco de tristeza. Es un parque de carácter señorial, dentro un mirador, varias fuentes y un paseo bellísimo de arcos adornados con miles de buganvillas. Por ahí siempre hay gatos libres, caminando lento como si el jardín fuese suyo. Quizá lo sea.

El camino hasta la salita donde nos recibe la ginecóloga es un pasillo estrecho y larguísimo, es un espacio aséptico con dos estancias. Parece la consulta de un dentista, cemento y plástico. Dos sillas, nos sentamos juntos. Siempre juntos. La ginecóloga es joven. En pocos minutos Eva está recostada sobre el potro, el gel frío sobre su vientre, el ecógrafo y la imagen sobre la pantalla negra. Es la primera vez que lo escuchamos. Un sonido acompasado, ancestral, viejo como el tiempo, como tambores anunciando una invasión, árboles susurrando, la sinfonía de las entrañas. Parece también una sonda submarina, como en *Abyss*, cuando Ed Harris cae allá al fondo del océano, una respiración honda, absolutamente sincrónica, armonía majestuosa, las matemáticas de la tierra cantando una soleá. Bum, bum, bum, bum. Lloramos los dos. No puedo evitar grabar la sinfonía.

Todavía con el ecógrafo sobre su vientre, moviéndolo en círculos concéntricos sobre el gel frío, la ginecóloga nos pregunta: «¿Has marcado?». Tras la pregunta, un cambio en el gesto evidente. Algo pasa. De la alegría pasa en un segundo al desvelo. Eva le contesta, con despreocupación: «¿Qué es marcar?». «Marcar es sangrar.» «Sí, he sangrado varias veces.»

Señala con el dedo la pantalla. «Tienes una bolsa de sangre en el útero, un hematoma.» Todo se acelera, como en una película, como en esos momentos en los que ya no estás ahí, estás viviéndolo pero ya eres solo una sombra. Hablamos de Von Willebrand, su enfermedad de coagulación de la sangre, nos recomiendan acudir a urgencias de La Fe. La tratan con progesterona. El parte es reposo absoluto: preocupación. Del entusiasmo de hace tres minutos a este cielo sin consuelo. La línea del horizonte se aleja.

Damos un paseo al volver a casa, como siempre. Y como siempre recorremos la orilla observando la inmensidad del mar. Qué pequeños somos frente al mar.

32

Los días pasan pero la penumbra de este nuevo escenario no. Los días se agrietan y se hace pronto carne aquella frase mustia del doctor Carrasco: «probablemente, habrá complicaciones a lo largo de todo el proceso». Llegan las complicaciones. Se acaban los paseos. Una sombra ya vive en sus ojos. Nunca imaginé que nada cegaría su luz, pero Eva cada día está peor. Casi no puede moverse, el hematoma en su útero es tierra fértil para su enfermedad, nunca imaginamos esto. «Siento que mi vida se va», le escucho decir un día bajito. El dolor entra en casa como una tormenta y se cuela en cada palabra, en cada tarde, se posa sobre la cama y sobre las plantas, sobre las sábanas blancas dobladas en la cómoda. El dolor es presencia. Hay que tomar una decisión. Decidimos abortar seis semanas después, víspera del Jueves Santo y de tantos Santos en los que no creo.

La interrupción del embarazo es un martes de abril. Lloramos desde lo más hondo, lloramos por nosotros —a mí es lo que me importa: nosotros—, pero también lloramos por la vida que ya no sería (tenía nombre, compramos ropita: sigue en el cajón), por ese amor que ya no entenderé, por esa otra realidad (yo creo, como en *Interstellar*, que vivimos miles de vidas al mismo tiempo, vidas en las cuales se bifurcan caminos y llegan a buen puerto decisiones que no tomamos) donde somos padre y madre de una niña sin miedo a la vida. No hay consuelo. Quizá es parte de aquel misterio más grande que la cosa más grande del mundo, más profundo que la fosa abisal más honda del océano. Siento, a veces, que le robé el tiempo a mi hija y quizá por eso tengo grabado a fuego que el tiempo es el único patrimonio verdadero.

Siento también que algo se ha apagado aquí dentro.

Muere el padre.

33

Pasan los días lentos, y sin embargo la primavera, ajena a nuestro duelo, ha estallado en Madrid, bellísima, cubriendo de futuro el alquitrán. Paso unos días en el hotel de la calle Barquillo para ayudar a Jaume en un proyecto en torno a la luz en la arquitectura de Tadao Ando. «Es un maestro entendiendo cómo la luz modifica un espacio a lo largo de una tarde, porque el lugar a mediodía no es el mismo que al anochecer», me dice frente a dos copas de manzanilla en La Venencia. «Ando entiende y juega con las sombras dentro de una casa tradicional, ese espacio entre la luz exterior y la oscuridad completa, lleno de matices, cambiante y variable.» Jaume se queja de la obsesión de Occidente por sobreiluminarlo todo. He vivido tanto tiempo bajo una sombra sin norte que intuirla de nuevo me paraliza. Lo fácil es negarla. Solo quiero luz. Pero eso es imposible.

Eva se ha quedado en València. Desayuno en la cafetería Cappuccino de plaza Independencia mirando ensimismado el Retiro, hablo con ella por teléfono, no está bien.

Nunca he tenido el convencimiento absoluto de ser padre pero sí habito en el convencimiento absoluto de no cerrar ventanas a este amor. Es lo que se supone que es una familia, ¿no? En la cultura japonesa dicen que un hilo invisible conecta el amor en la familia, de arriba hacia abajo y de atrás hacia delante, ese hilo es *la vida*, y yo sentía que estaba traicionando a la memoria, a mi padre ausente, a mi madre cansada, a todos los que me precedieron. También estaba traicionando a Eva, a su pasado y quizá lo más grave: a su futuro. A las vidas que vivirá a través de otros ojos. No ser padres quizá sea también cortar para siempre ese hilo de amor, esa fuente que no puede agotarse porque no tiene fondo ni medida. Desde el día en el que murió, no he dejado de pensar en mi padre ni un solo día. *Todos los días de mi vida*.

Mientras desayuno leo en *El País* una entrevista con Cristina Peri Rossi, uruguaya exiliada en Barcelona. «El amor existe / como un fuego / para abrasar en su belleza / toda la fealdad del mundo.» Peri Rossi no tiene hijos, eligió no ser madre y parece enfadada con el mundo a lo largo del especial en «Babelia». «El futuro es la sombra del pasado / en los rojos rescoldos de un fuego / venido de lejos, / no se sabe de dónde.» Pues del amor de nuestros padres, Cristina. ¿Terminaremos nosotros también enfadados con el mundo? Me aterra pensar que esa fuente de amor sin fondo ni medida se termine agotando como una planta sin lluvia. Nos imagino agrietándonos como ramas secas, ya sin flores ni musgo verde. Un firmamento sin estrellas. Un color ya tenue, como el de las fotografías viejas, cuarteadas, amarillentas. De mi padre no guardo solo sus cenizas en la urna de cerámica y un reloj Longines dorado con la esfera del color de la arena, también conservo un álbum de fotografías familiar. Es rectangular, cosido en el lomo con un cordel rojo, y con una cubierta verde sin titular ni casi adornos, parecen hojas secas. Fotografías donde reina el sepia sobre lo que antes era blanco y negro. Diego, mi padre, y mi madre, su niñez, sus primeras citas, mis abuelos, el cortijo, la Vespa, las fiestas, el servicio militar, la distancia, las bullas, las reconciliaciones, la memoria congelada. También hay instantáneas en color. Alguna fotografía está suelta, ya sin el doble celo que la sostenía pegada a la cartulina negra. Tras las fotos hay fechas, palabras, vidas enteras. Siempre sentí este álbum como algo ajeno. Qué roto estaba para sentirlo así. Y qué ciego.

Vuelvo a mi habitación de hotel en la calle Barquillo cruzando el paseo de Recoletos, cubierto de castaños y robles. Dejo a mi izquierda el Gijón, el último café literario de Madrid, hará como cinco años que no entro ahí, subo por Almirante, saludo a Ignasi, conserje del hotel. Mi habitación es una emboscada. Otra vez. Me sé la teoría, lo hemos tratado un millón de veces en la consulta: tengo tres notas en el móvil con su nombre —«Zaid»—, dentro apuntes de *revelaciones* y zonas del mapa desbloqueadas, como las bases de un partido de béisbol. Una cosa tras otra. Se supone que para sanar una herida hay que mirarla, estar en ella, volver a ella para ver que duele, pero ya no duele como antes. No lo hago. Pido algo para no salir de la habitación, bajo las persianas. Ya lo sé, «*The pain I feel now is part of the happiness then. That's the deal*». Pero no puedo. Desde esta penumbra es fácil mirar hacia el acantilado porque cuando hay dolor en la vida real estar allí es una promesa de narcosis. Allí, bajo aquella sombra sin matices, nada duele. En casa una distancia se asoma a nuestros días porque una parte mía quiere apagar el ruido, no dejar pasar esta pena, quitarle el oxígeno hasta matarla. No es exactamente una decisión consciente, es sencillamente un dejarme ir hacia la nada. Vuelvo a casa.

Pasan así días, semanas, constelaciones. En este camino hacia ninguna parte no hay sitio para Eva, no puede haberlo porque en la nada de *La historia interminable* no hay sitio para nadie más que mi no ser. Solo una casa vacía, un lago helado, una higuera y una sombra infinita. Vamos juntos a pasar unos días en Madrid. Cenamos con Maite en Sacha, obviamos el tema. Lo que no se nombra no existe, debe de pensar. Pero no —existe, pesa, mancha, grita—. Esta noche casi no hay bromas. Hablamos de la exposición en torno a la belleza, cuya inauguración tienen prevista para dentro de un par de meses; será a finales de junio, de nuevo en el Thyssen, esta vez será como comisaria externa. Eva lleva un tiempo seleccionando junto a ella algunas obras que dialoguen entre sí en torno a la belleza en el contexto de los impresionistas. Siempre han defendido, en esto piensan igual, que el impresionismo es el movimiento artístico que mejor ha representado la belleza, su luz, ese estremecimiento que nos hace temblar ante el asombro. La muestra tratará de responder una pregunta imposible: ¿qué es la belleza?, por qué nos perturba, por qué nos salva. Yo escribiré una carta que dará contexto al relato expositivo. La inauguración tendrá lugar en la noche de San Juan.

En algún momento de la noche Maite posa su mano sobre el brazo de Eva, como hizo ella misma conmigo en esta misma mesa hace tan solo tres años. Eva no puede evitar derrumbarse. Conmigo casi no lo hace porque a lo largo de estas semanas sin duelo no he sido abrigo, solo un lago helado. Me mata verla así, pero todavía más no saber quererla. Ellas siguen hablando bajito, ajenas al entusiasmo del resto de las mesas. Eva se lo cuenta todo. Yo no estoy allí. Estoy en la entrada de la casa de mis padres en el barrio en el que nací y crecí, tengo dieciocho años, mi padre yace sobre el suelo frío. Una gota de sangre se desliza sobre su frente. Siento en esta noche clara su piel gélida, el mármol de la lápida. Viajo mentalmente hasta el piso piloto sin plantas, a la exhumación en el cementerio, martillo y pica sobre el féretro, hasta el entierro en La Caleta, la urna de cerámica escondida en mi armario, los ratitos junto a mi madre frente a la chimenea, la sinfonía telúrica de la ecografía, los paseos de cada tarde. Volvemos andando hasta Barquillo, de la mano, bajo el cielo de Madrid.

Por la mañana me despierto un rato antes que ella, esta vez no salgo de la cama. Entra un haz de luz por la buhardilla, iluminando tan solo un mechón dorado sobre las sábanas blancas. Noto su respiración. Su olor es mi casa.

El amor lo arrasa todo. Cada defensa, cada piedra, cada ausencia. Y el dolor entra en tromba en mi vida.

34

Asisto a una clase de Jaume en el Instituto Tramontana de la calle Goya, que dirige un amigo suyo, Javier. Me siento en la última fila, me gusta a veces colarme en sus clases, observar cómo le observan alumnos y alumnas. La sala está oscura, está proyectando una fotografía de un pórtico en la Casa de los Tiros de Granada, en el barrio del Realejo. En la imagen se puede leer una frase grabada en piedra antigua: «El corazón manda», ilustrada con una espada que perfora un corazón. Jaume explica la imagen, habla lento. Es el emblema de una familia que peleó en la Reconquista y ese es el mensaje aprendido tras la batalla: el corazón manda sobre la espada, el corazón manda sobre la razón, el corazón manda sobre el miedo. Cuando acaba la clase salimos un rato a Casa Dani, un bar de siempre en el mercado de la Paz, pido un pincho de tortilla y dos cafés.

—¿Cómo está Eva?

—Mal.

—¿Y tú?

—Pues he vivido varias fases. Las primeras semanas no me permití sentir nada, como si no hubiese pasado nada, como si todo lo que ha pasado no fuese conmigo. —Ahí Jaume nota que me cambia el gesto, no puedo evitar apagarme.

—Supongo que es normal, no te castigues.

—Normal no es bueno.

—¿Has podido ver la imagen de la Casa de los Tiros?

—«El corazón manda.» Es bonito el emblema pero no es fácil dejar al corazón al mando. —Dibujo la imagen con mi pluma Lamy en una de las servilletas de papel que hay sobre la mesa de aluminio, nada más que una espada y un corazón radiante.

—¿Desde cuándo te ha gustado lo fácil? —Sonríe desde una ternura que ilumina esta mañana gris, no le digo que le quiero, pero lo pienso.

—¿Cómo definirías la belleza? —se lo suelto tal cual.

—No existe una definición cerrada. Cada generación, cada religión y cada cultura han entendido la belleza de una forma diferente.

—Mójate, anda.

—En mi mente pelean la idea de belleza de santo Tomás con visiones más vitalistas al estilo de Paolo Sorrentino —ya se le nota emocionado con el tema—. El primero cree que lo bello existe y es independientemente de quien lo mira. Los segundos dirían que la belleza está en lo que se hace y ocurre, como si fuese una manifestación de la vida.

—Ajá...

—Vale, vale. Justo estos días ando releyendo el *Elogio de la sombra* de Junichiro Tanizaki; no había vuelto a él desde que tenía dieciocho años. Es lo bonito de subrayar los libros: cuando relees no solo hablas de nuevo con el autor, sino con tu yo de veinte años atrás. En Tanizaki y su forma de entender la belleza me siento bastante cómodo. Sintetizando mucho, él dice que la belleza existe como ideal y en la naturaleza, pero que para disfrutarla tenemos que propiciarla y trabajarla, como quien cuida un jardín o perfecciona su caligrafía. En otras palabras, belleza como destino y como camino a la vez.

—Destino y camino. Te acabo de dejar casi hecha tu próxima clase.

—No me des ideas —se ríe.

Jaume ha cambiado, intuyo que la paternidad y el amor han sido un terremoto, y él se ha dejado cambiar. Cuando lo conocí su visión del mundo estaba anclada en cierta manera estoica de ver la vida. Era el orden, la medida, la contención, el límite. Veía el mundo desde su púlpito. Desde hace un tiempo se ha entregado al sentir y eso se nota en sus obras, en sus fotografías, en su manera de hablar y de moverse. Supongo que todos cambiamos.

—Martín está en Madrid, ¿por qué no te vienes a comer con nosotros?

—Me encantaría, pero qué va, tenemos que hacer de papás. —Se le iluminan los ojos y a los míos les sucede exactamente lo mismo tras ver los suyos tan llenos de amor—. Dale un abrazo de mi parte, anda —añade.

—Brindaremos por «el corazón manda» —recojo la servilleta, la doblo en cuatro partes exactas, le va a volver loco a Martín.

A las tres aparece Martín vestido como un samurái en un día de misa. Llevo un rato esperándole en una de las mesas del fondo de Gioia, un restaurante italiano en San Bartolomé, a tres pasos del Only You. Se le ve feliz. Huele tan bien como siempre, le pregunto por el perfume: «La dompteuse encagée de Serge Lutens». Lo dice como el que no quiere la cosa. Es la persona menos pedante que conozco, no vive esperando la aprobación de nadie, no vive pa los demás. Trae consigo un regalo para Eva, un librillo viejo de poemas de Federico García Lorca, seguramente lo compraría en la librería Raimundo tras su paseo de cada día hasta la taberna La Manzanilla. No había papel de regalo, pero sí iba cuidadosamente envuelto en papel de estraza con un cordel. Abro un poema al azar, algunos versos están subrayados —¿serán anotaciones de Martín o del anterior propietario del libro? No le pregunto—. Leo uno de los versos mientras abre una botella de Las Alegrías, uno de sus vinos. «Luchando bajo el peso de la sombra, un manantial cantaba / Yo me acerqué para escuchar su canto, pero mi corazón no entiende nada.» Me pregunta por el diario que estoy escribiendo. Desde que le comenté que lo estaba haciendo vio en ese diario algo mucho más importante que un libro de notas, «es tu destino». Es fácil contestarle: «Voy lento, la prisa mata». Se ríe. Le cuento un poco: «Pues ahí voy, ahora estoy yendo hacia atrás, plasmando los recuerdos de mi madre, su infancia en el cortijo, la muerte de mi padre, mis años en sombra, la pena que llevaba encima cuando nos conocimos en Cádiz y me recogiste».

—Eres muy valiente —me dice rellenando las copas.

—No es valentía, es consuelo.

—¿Qué harás con ese diario? ¿Será un libro?

—Vete tú a saber, Martín, pero si algún día lo es te prometo que haremos una fiesta en la taberna para presentarlo. —Hago el gesto de besarme los dedos pulgar e índice.

—«Belleza es la escucha, es la espera. Un abrazo, un ramo, una madre» —lee esa frase tras abrir la libretita, envuelta en una goma, que siempre lleva encima.

—¿Y esto?

—¿No me pediste que te escribiese qué significa para mí la belleza?

—Ahora me vas a decir que te has pegado seis horas en tren para venir con esa frase y volverte al bache. —Se ríe con mi vacile.

—Es que cada día pienso una cosa. Una vez entrevisté a Antonio López para mi fanzine. Recuerdo que entonces me dijo: «Martín, el fin último de la vida no es buscar la belleza, es encontrar la verdad».

—¿No viene a ser lo mismo?

—Yo qué sé. El problema de la belleza tiene mucho que ver con la soledad de su búsqueda, porque al final vives todo el rato buscando que todo sea perfecto. Y llega un día en que, tras el espejo, no vemos lo que esperábamos. Y temblamos de miedo.

—¿Vendrás a la inauguración de la exposición?

—¿En San Juan? Ni loco, nunca está tan bonita La Caleta como en la noche de San Juan.

El corazón me da un vuelco.

—Dale recuerdos a mi papá, Martín.

Su abrazo cobija dentro todos los abrazos del

mundo. La prisa mata. Mi corazón entiende cuando lo siento cerca. Eso también es belleza, cuando el corazón entiende. Dejo a Martín con sus botellas, sus poemas y su ternura. Por la tarde me acerco hasta el Thyssen, cruzando la calle de las Infantas y el Círculo de Bellas Artes, para tomar un café con Maite y que me ponga al día de la exposición. Las calles son una exhalación. Entrar al Thyssen desde la Carrera de San Jerónimo siempre es algo especial, un viaje en el tiempo. Esta vez no entro al museo y cruzo su jardín interior hasta la cafetería, me siento en una de las mesas de la terraza y espero un rato: me apetece este momento sin nadie frente a la fachada, la antigua casa de la duquesa de Villahermosa. Nunca me había fijado, pero en las macetas gigantes que custodian la entrada florecen algunas camelias. Eso también es la belleza, cuando es el corazón el que mira. Enseguida bajan. Con Maite está su amiga Alejandra, responsable de patrocinio y José María Goicoechea, director de comunicación. En un rato se suma Elena Rodríguez, que está ayudando a Maite y a Eva en todas las labores de coordinación desde que empezaron con la muestra.

—¿Cuánto lleváis con esto? —Es que es curioso el contraste, el abrigo calmo del museo frente a las prisas que transpiran ellas.

—No lo quieras saber, pero a lo mejor te diría que exactamente un año y medio.

—Un poco más —añade Elena—, desde que presentamos a Guillermo la tesis expositiva.

—¿Cómo es exactamente el proceso?

—Una vez decidido el tema, preparamos a fondo

el proyecto que define cómo será la muestra. Si lo aprueba Guillermo —Solana, director artístico del museo— y lo ratifica el patronato, empieza el mambo.

—¿Y para eso tanto tiempo?

—Muchas de las obras de arte no están aquí, las tenemos que pedir a otros museos, tratar de convencer a conservadores o coleccionistas privados, *cazar* cuadros difíciles de conseguir... semanas en París o Tokio tratando de formalizar un préstamo.

—No me dais ninguna pena —se ríen.

—Es una locura —añade Elena—, mucho más de lo que pueda parecer.

Me cuentan que Solana tiene una expresión para definir esos meses de vorágine, «organizar una exposición es como construir un barco cuando estás en alta mar». Apunto esa frase en la aplicación de notas del móvil. A lo mejor Guillermo estaba proyectando cuando la pensó porque yo la veo perfectamente aplicable a la vida. Izar velas, achicar agua, vivir para ver alumbrar otro día na más. Sobre la mesa, carpetas y papeles con algunos de los lienzos impresos. También biografías de los artistas, ausencias, cautelas. Anoto una frase de Pissarro: «Bienaventurados los que ven cosas hermosas en lugares humildes donde otros no ven nada». Para esta muestra, que en realidad se llamará «La belleza en los impresionistas», han seleccionado diez obras de la colección privada del Thyssen y diez lienzos trasladados de otros museos del mundo, desde el Musée d'Orsay hasta el Metropolitan Museum of Art. Es fácil sentirse pequeño ante tanta luz, pero no me olvido de lo que he venido a preguntar hoy.

—¿Mi idea de la belleza?

Maite da un sorbo a su infusión, ya conozco sus tretas, espera que con su larguísimo silencio me olvide de la pregunta; se equivoca.

—Lleváis la vida preparando la muestra, no te me escabullas.

—La belleza reside en el mundo de las ideas; en la verdad, en la bondad y en el amor.

—¡Pero bueno, Maite!

—Ni una palabra más me vas a sacar, que lo sepas.

—Tú has conocido a alguien y no nos quieres contar nada.

—Capullo. Vamos y te enseñamos la sala donde será la exposición, anda. —Pide la cuenta pero Alejandra no le deja pagar.

Entramos al museo por una de las puertas principales, dejamos a la izquierda la tienda, al fondo se intuye el acceso a la colección permanente, el inmenso hall está presidido por una obra de Tintoretto, *El paraíso*, y cuatro esculturas de Rodin. Subimos por unas escaleras hasta el primer piso, donde se exponen los ismos y las vanguardias. Nada más subir las escaleras, la entrada a la sala Balcón (curioso nombre, porque no hay ningún balcón), donde se ubicará la exposición, un espacio rectangular de no más de sesenta metros cuadrados. En la pared que lo precede irá parte del texto del que ya solo me quedan retoques, encontrar el tempo adecuado, lijar palabras. A esa parte de la escritura la llamo carpintería. Un lienzo gobierna la sala en la pared del fondo, paredes rigurosamente blancas, impone el silencio. Le pregunto a Maite si puedo escribir lo que quiera, si puedo enmarcar las obras pero también expresar en ese relato expositivo mi sentir. La belleza bonita pero también la otra. La alegría pero también la pena. La luz y las tormentas.

—¿Tú qué crees?

—Prefiero preguntar, Maite.

—Piensa en Eva, piensa en qué te mueve, piensa en todo el dolor tras el amor, piensa en que la belleza consuela pero también alumbra, piensa en lo que escribió Keats, «La belleza es verdad; la verdad, belleza. Esto es todo lo que necesitas saber».

—La verdad a veces es jodida.

—La vida a veces es jodida y no por eso deja de ser un milagro. ¿Cómo era esa firma tuya que cada dos por tres cuelas en los artículos?

—Aquí hemos venido a jugar.

—Pues juega.

Me despido del grupo, bajo de nuevo a la cafetería. En un par de horas cenaré con Ricardo en el restaurante Triciclo, a tres pasos de aquí y en pleno corazón del barrio de las Letras. Vuelvo a la misma mesa, desde la que puedo ver la fachada de ladrillo caravista y el minué de personas entrando y saliendo. Repaso las notas de autores y obras. *Madame Arthur Fontaine*, de Odilon Redon, *Les Vessenots en Auvers*, de Vincent Van Gogh, o una de mis favoritas, *Impresión, sol naciente*, de Monet. La obra que dio nombre al movimiento impresionista. Un amanecer bellísimo con el mar de fondo sobre El Havre. Me detengo en el folio impreso, me traslada durante un segundo hasta la tarde en la que pude enterrar por segunda vez a mi padre mientras Eva esperaba en la arena: estaba ya anocheciendo y el sol se despedía deslizándose en su ocaso sobre el castillo de San Sebastián. El tono del sol es exactamente el mismo en las dos escenas, en El Havre y en Cádiz. Rojo fuego, reflejos anaranjados en el mar y en el cielo, el océano en calma. Dolió muchísimo, la pena caló hasta mis huesos, pero volví de aquel viaje rebosante de consciencia y de amor. La vida son las dos cosas. Amanece y atardece. Amar, perdonar, florecer, sentir cada tajo, sentir el frío y el calor, saberte indefenso, desarmado ante tanta belleza. Él estaba allí conmigo. Sigue aquí conmigo. El corazón manda.

35

Es jueves, llevamos semanas en casa, en la playa.
Esta noche arderán miles de hogueras para celebrar
la noche de San Juan en València, el solsticio de verano que anuncia la llegada de la luz sobre la piel.
Pero no estaremos frente al mar, nos espera la inauguración en el Thyssen. Madrugo como siempre,
preparo el café, muelo el grano, las notas de cerezas
y miel llenan de ternura la cocina. Es un café que
compro en Hola Coffee, una cafetería de especialidad en Lavapiés. Eva todavía duerme. Abro la pantalla del ordenador en la terraza, todavía es de noche, suena de fondo suave *Please, Please, Please Let
Me Get What I Want* de The Smiths. Contesto emails,
corrijo notas del diario, amanece sobre el Mediterráneo. Ella se levanta por culpa de la música. Abro li-
geramente la persiana, los primeros rayos de sol se
recrean sobre su pelo tras pasear su cadencia sobre
las sábanas blancas. Desayunamos en nuestra cafetería de siempre: ella viste un pantalón de lino color
crema con una camisa blanca, el pelo recogido con
un pañuelo. Cogemos el tren, de vuelta a Madrid.
Llegamos a Atocha a la hora de comer, cruzamos el

paseo de Santa Isabel; nos espera Maite en la mesa de siempre, junto a la ventana de La Buena Vida. Sobre el mantel hay tres copas y una botella, ya abierta, de un Viognier de Vallegarcía. Sabe que es uno de mis vinos favoritos. Se la ve feliz. El muro que gobernaba sus defensas ahora es hiedra y piel, luz sin desmayo; de tanto en tanto se le escapa un «te quiero». Hoy culminan casi dos años de trabajo. También ha cambiado la relación entre ellas desde que hablaron; Maite la arropa, es río que cuida. Durante buena parte de la comida deja su mano sobre la suya, la escucha con el corazón. Escuchar es querer. Eva se deja cuidar.

Bajamos por el paseo de Recoletos, la luz inunda las calles de presente. Llegamos al Thyssen a media tarde. José María anda al mando de la inauguración, que ya se intuye. «Si tan solo es un cóctel con amigos, es una cosa pequeñita», dice como disculpándose cuando lo felicito por el trabajo. El jardín, porque el cóctel será en el jardín, está precioso; cuelgan bombillas de los naranjos, varias mesas altas han tomado el patio, los hielos invaden sin mesura las cubiteras. Falta todavía una hora para que lleguen los invitados. Siento cómo el vino de la comida se hace galera y navega desbocado por mi sentir. Me siento un rato, apartado del grupo, en un lugar desde donde puedo observar el momento. Me abrasa una sensación nítida de puro entusiasmo, percibo cada nota del olor de la hierba fresca, la luz cálida de la consciencia, la certeza de que no existe más que este momento, no hay más que este ahora donde se cuela el amor pero también el dolor. Comienzan a llegar invitados, periodistas culturales, miembros del club de amigos del Thyssen. Los minutos se hacen horas, creo reconocer a Ricardo allá al fondo, en un grupo de cuatro personas, está exultante. Lo asalto sin permiso. Me cuenta que ha conocido a alguien: «La conocí la otra noche en el Savas pero ya lo tengo clarísimo... ¡Es la mujer de mi vida!». Lo dejo con Maite. Mañana abrirán las puertas de la exposición, «La belleza en los impresionistas», al público, pero ya se intuye el runrún de las conversaciones que serán, la belleza se cuela entre las mesas como mar abierto. Junto a Ricardo y Maite anda Jordi Claramonte, profesor de Estética y Teoría del Arte: «Nada es tan indiscutible como la belleza cuando se nos pone delante, ni nada tan discutido cuando nos proponemos definirla. Todo lo que la precede es tosco y todo lo que la sigue, empalagoso». En otra mesa cercana escucho cómo recurren a Oscar Wilde en *El retrato de Dorian Gray*: «La belleza está incluso por encima del genio, puesto que no necesita explicación». Quizá tengan razón. Pero es que no pretendemos explicarla. Tan solo rendirnos ante ella. Tratar, quizá en vano, de entenderla. Eva me susurra al oído: «¿Hacemos una bomba de humo?». Es su especialidad, desaparecer de las fiestas sin dejar rastro. Irse como ha venido, como una aparición.

Al llegar a la habitación del hotel, sobre la mesa, nos espera un regalo de Maite. Es el libro que recoge las obras de la exposición. Sobre este solo encontramos una sencilla dedicatoria: «Aunque duela». Tras sus palabras, escritas con caligrafía inglesa, un sencillo «Cuida mucho a Eva» como preámbulo a la carta que llevo semanas escribiendo y que prologa el monográfico de la muestra. Mi texto lleva por título «Es cierta la belleza».

36

Es cierta la belleza

A lo largo de la historia la búsqueda de la belleza ha unido por igual a patrias, religiones, poetas y astrólogos. Un anhelo sin restricciones ni mandamientos, sin banderas, fronteras ni papas. Para los impresionistas la belleza es pura sinestesia; luz, color y sobrecogimiento. Sentirse arrebatado y consciente. Aquí y ahora. Nada existe excepto este momento frente al lienzo pero también frente a la vida. En la isla de Okinawa celebrarán como siempre, los primeros días de la primavera, el florecimiento de la flor más bella del planeta durante la fiesta del Hanami. Es cuando la flor del almendro, llamada sakura, muere desprendiéndose de sus ramas en el apogeo de su belleza. Honrarán su floración arropados con kimonos de las sedas más finas en una celebración cuyo único fin es la contemplación de la belleza, el recogimiento ante el misterio. El asombro. En México rendirán tributo a los familiares que ya no están el Día de Muertos, con máscaras pintadas de colores, incienso de sándalo y velas prendiendo de luz tostada los altares con los rostros de aquellos a quienes amaron, rodeados de la flor de cempasúchil. Cruzarán ese día el puente del Mictlán, el camino a través del inframundo que los traerá de vuelta a casa. Esa casa es nuestro sentir. Es imprescindible entender la muerte para celebrar la belleza de la vida. Olvidar es rendirse. Querer es recordar.

La búsqueda de la belleza y de su esplendor ha sido la mecha que ha prendido la candela de artistas y artesanos desde los albores de la conciencia, desde las cuevas de Altamira hasta la vanguardia más contemporánea. La hemos santificado, deconstruido, negado, elogiado y prohibido. La hemos humillado y nos hemos postrado ante ella. Fotógrafos, escritores, cocineros, arquitectos, modistas y pensadores. Su incandescencia ha sido fragua cuando la noche ha tomado las calles de nuestros días. A ella nos encomendamos cuando todo lo demás flaquea, a ella volvemos cuando llega el otoño de nuestra vida, en ella descansamos porque la belleza no juzga ni promete. Sencillamente es. A veces son tan solo unos segundos, pero la versión que intuimos de nosotros mismos cuando se muestra nos sublima y trasciende porque es en esos momentos de extrema lucidez sensorial cuando sentimos que las piezas encajan. No importa si es ante un amanecer o ante una obra de arte. Escuchando el *Réquiem* de Mozart o saliendo en éxtasis de la iglesia de Santa Croce. Así lo contó Stendhal: «Absorto en la contemplación de la belleza sublime, la veía de cerca, la tocaba casi». Los sentidos avasallados cuando late el corazón desbocado. Es en esos momentos cuando tenemos la absoluta certeza de que la vida merece la pena ser vivida. Si lo has sentido alguna vez es imposible que no milites en esta travesía, la búsqueda incansable de la belleza.

Estar frente a ella nos explica porque nos iguala, ante ella no somos más que siervos porque transpira verdad; tiene razón el poeta Fermín Herrero: «es cierta la belleza aunque lacere / sobrecoja, remanse y niegue el tiempo».

Es cierta la belleza en el discurso del padre de Elio en *Call Me by Your Name*: «Si hay dolor, aliméntalo. Si hay una llama, no la apagues, no seas cruel con lo que sientes... Nos despojamos de tanto con tal de curarnos lo más rápido posible, que acabamos rompiéndonos a los treinta años. Nuestros corazones y cuerpos se nos regalan una vez en la vida. Antes de que te des cuenta, tu corazón ya está gastado. Y llegará un punto en que nadie querrá mirar tu cuerpo. Menos aún acercarse a él. Ahora sientes tristeza, dolor, pero no lo mates, ni con ello el placer que has sentido». Es cierta la belleza en el emblema de la Casa de los Tiros en Granada, en cada talla de su mensaje: «El corazón manda». Es cierta la belleza en las manzanas de Cézanne y en cada gesto de las bailarinas de Degas, pero también en el furioso mar estallando contra un acantilado al atardecer en el océano infinito de Gustave Courbet.

Es cierta la belleza en la retama de las sillas y en la parra que cubre el porche de la casa de mi madre en el campo, en el óxido de sus ventanas, en su cafetera vieja, dañada ya para siempre por el tiempo y los cafés junto al fuego. En cada uno de los paseos que di junto a mi padre. En su adiós en el cementerio aquel día de sol y pena callada. Hay que mirar también a la tristeza porque sin ella no habrá estrellas.

Es fácil vivir. Lo difícil es entender. Saberte frágil. No guardarte nada porque no exponerte es negar el milagro. No reniegues nunca de la tristeza que hoy te angustia porque en ella también se cobija la gracia. Recuerda siempre que sufres porque estás vivo, y porque estás vivo sufres. Anda ligero, perdona de corazón, aprende a dejar ir, observa la inmensidad del cielo, escucha a quien te cuida, recuerda que cada día es un regalo, deja que duela la memoria pero no te encierres en la nostalgia, escribe con sangre, no tengas prisa porque la prisa mata. No olvides nunca que hay tiempo. Todavía hay tiempo. Sé consciente del trato que late tras cada vivencia, la felicidad de hoy es parte del dolor de entonces. No existe una cosa sin la otra. Mira sin miedo cada sentir en tu interior, observa cada detalle de la luz pero también de la penumbra, todos son parte de ti. Déjate arrasar por lo vivido. Quiere con todas las consecuencias. Quiere hasta reventar. Sé de verdad.

37

Han pasado tres días. Es sábado, esta mañana he terminado las últimas páginas del diario que ha sido cómplice, a lo largo de estos años, de mi desamparo. Pero también de la luz. Eva me envuelve con sus brazos, baja con suavidad la pantalla del ordenador. Pasamos el resto del día juntos, sin prisa. Paseamos como cada tarde, los mismos paseos que con tanto amor conquistó mi padre. El cielo está gris, pero aún se intuyen las líneas del sol que se va, corre ese frío que acaricia la piel. El mar nos acompaña en silencio. Hablamos de las cosas del día. No sabemos qué pasará. Ni cómo será la vida que viene.

No hace falta.

booket